KB060316

노을꽃

소정 민문자
제2 수필집

청어

노을꽃

소정 민문자
제2 수필집

노을 앞에 서서

인생은 긴 것 같으면서도 짧다
짧은 인생 어떻게 값지게 살까?
평생 배워가면서 살아도 모자란다
즐겁고 자유롭게 건강하고 유쾌하게
쉽지 않은 세상살이 최선을 다하자
정직하고 친절하게 미소 지으며 살자
웃는 얼굴에 침 못 뱉는다
내가 먼저 손을 내미니 두 손으로 맞더라
세상살이 정성스럽게 살자
정성을 다하면 하늘도 감동한다는 말
오늘도 내일도
이 말을 진리로 알고 살아간다

2023 새해를 맞이하면서
소정 민문자

1부

애국심

늦게 피어난 노을꽃

옛날 같으면 할미꽃처럼 굽은 허리로 지팡이를 짚고 다니다 세상을 뜨면 호상(好喪)이라 할만한 나이에 들어선 지 이미 오래다. 인생 칠십 고래희(古來稀)란 말은 이제 옛말이 되고 지금 자라는 세대는 이 말이 흔히 쓰이던 말이었다는 걸 이해하지 못할 것이다. 이 나이에 국가의 평생교육 정책에 힘입어 초중고 학생이나 다름없이 하고 싶은 공부 하러 다니랴, 그에 관련된 모임에 참석하랴, 늘 바쁘다. 인생 백세시대에 적응하며 사는 방법이랄까, 젊은 날 배우고 닦았어야 할 예술 분야, 이제라도 기회를 붙잡았으니 다행이라고나 할까.

인간이 한 번 세상에 태어나고 한 번 죽는 것은 누구나 똑같다. 그런데 어떤 사람은 성공한 인생이고 어떤 사람은 실패한 인생을 살고 가는 것일까? 이 문제는 자신에 대한 자각 능력에 달려 있다고 본다. 일찍 자각해서 빨리 자기 인생을 바른 방향으로 개척한 사람과 늦게 개척한 사람, 기회를 놓친 사람, 끝까지 자각하지 못한 부류로 구분할 수 있을 것 같다. 자신을 일찍부터 잘 알고 빠르게 변화하는 세상에 적응도 잘하는 사람은 사회적으로 성공하고 자신도 만족하는 삶을 살아가게 될 것이다. 아마도 이 부류에 속하는 그룹은 전체 인구의 10% 정도도 안 되는 지도자급일 것이다. 세상 대부분 인간이 태어났으니 사는 것이고 남이 학교 가니 나도 가고 남이 결혼하니 나도 결혼을 하는 것이라는 안이한 생활 태도로 사는 것이 아닐까? 또 이 그룹에서도 낙오된 부류들은 자신을 전혀 알지 못하여 실패한 인생으로 세상을 마감하는 것은 아닐까?

　나는 '너 자신을 알라'라고 외친 고대 그리스의 철학자 소크라테스가 갈파한 경구가 너무 늦은 나이에 이해가 된 것이다. 이렇게 나는 늦게 자각하여 늦게 피어난 꽃이다. 지진아로 태어나 50년 이상 자각 없이 살아지는 대로 산 것이다. 늦어도 한참 늦은 환갑이 가까워서야 자신을 돌아본 것이다. '기왕에 이 세상에 태어났으니 최선을 다하여 나를 사랑하면서 살자' 늦게나마 이런 생각으로 한 20년은 나의 의지대로 열심히 살아온 것 같다. '이제라도 최선을 다하자'라는 마음으로 존경할 만한 선생님과 인연이 닿으면 먼 거리를 마다치 않았다. 재기(才氣)는 부족하지만 초심을 잃지 않고 배우는 자세로 몸과 마음을 다하니 결국 계속은 힘이 된 것이었다. 십 년이면 강산이 변한다는 말과 같이 십 년 이상의 세월은 나를 많이 변화시킨 것이다. 인생 후반에서야 알게 된 시, 시를 알게 되니 시 낭송을 하게 되고 서화에 관심이 가서 서예와 사군자를 만나게 되었다.

　부잣집 친구와 똑똑한 친구는 어릴 때의 절친한 동무들이었다. 가장 건강하고 상상력이 좋았던 신기는 어이없이 환갑도 안되어 일찍 세상을 하직했고 영특한 영자는 시골 과수원집 평범한 아낙으로 행복하게 살고 있다. 나는 체중 미달로 태어나 허약하고 이해력이 부족해서 말귀를 빨리 알아듣지도 못하여 남을 답답하게 하고 행동은 느리고 굼뜬 아이였다. 남 앞에서 수줍어 말 한마디도 제대로 못 하던 내가 늦게 배운 도둑질 밤새는 줄 모르듯이 여러 편의 가곡 작시를 하고 대중 앞에서 시 낭송도 하고 서화 공부도 하여 뒤늦게 피어난 꽃으로 문화예술에 흠뻑 빠져서 산다.

인간은 태어나면서부터 알게 모르게 수많은 시험에 부딪힌다. 유치
원부터 대학까지 입학시험과 졸업시험은 물론 중간중간 시험을 거쳐
요구하는 학습성과를 통과해야만 원하는 대로 성장할 수가 있다. 학교
를 졸업하고 직업을 선택하려면 취직시험이 있어 사회생활을 하면서도
승진 시험이나 운전면허 시험 등 여러 가지 형태의 시험이 늘 따라다닌
다. 시험이란 바람직한 인간으로 성장하게 하는 어쩌면 꼭 필요한 과정
이지 싶다. 그러나 시험에 무사히 통과하기 위해서 우리는 얼마나 많이
긴장하는가. 어떤 시험이든 맞닥뜨리면 언제나 100m 달리기 출발 선
상에 선 기분이다.

엊그제 문인화 특선이상 휘호대회에서도 얼마나 긴장했는지 모른다.
마지막 관문이기 때문이었을까. 수험생들이 몇 날 며칠 밤새워 공부하듯
이 며칠 동안 홍매를 그리고 또 그리기를 여러 번 연습했어도 부족한 자
신을 발견하고 얼마나 걱정했던지, 마침내 심사위원의 통과 소리가 크
게 들렸다. 시인 등단이 시 공부할 수 있는 자격의 초입이듯이 이제 초대
작가 자격획득으로 이제부터 문인화를 제대로 더 열심히 공부해야 한다.
어려서도 노래 한 번 제대로 못 부르고 그림 한 장 제대로 못 그리고 달
리기를 하면 꼴찌나 꼴찌에서 두 번째 하던 나, 다음 달 6월 시 사랑 노
래 사랑 무대에서 졸시 「태극기」를 낭송한다. 이어서 민문자 작시 박이
제 작곡으로 김민주 소프라노가 부를 가곡이 된 「태극기」는 오래도록 나
의 자랑이 될 것이다. 소정이 늦게 피워낸 꽃 「태극기」 가곡 노을꽃!

태극기

－민문자 작시, 박이제 작곡

조국의 상징 태극기를 보면
경건하게 옷깃이 옷깃이 여며지고
벅찬 감격으로 눈시울이 젖는다
반만년 유구한 역사의 힘줄
고난과 시련을 슬기롭게 이겨낸
얼마나 자랑스러운 그 깃발이냐

한류의 눈부신 문물을 싣고
한 분야의 정상에 정상에 올라서서
세계 어디서나 펄럭이는 태극기
소중히 간직하다 국경일이면
집집마다 대문 위에 내거는
그 정성 그 정성 방방곡곡
되살리고 싶다 되살리고 싶다

(2016.05.02.)

제100주년 3·1절을 맞이하는 태극기
-태극기는 우리의 얼굴입니다

제100주년 3·1절을 맞이하면서 태극기에 대한 근래의 국민의 심성이 왜 이리 변했을까? 참으로 안타깝게 생각합니다. 경축일에는 으레 태극기 물결이고 자랑스럽게 여기던 우리 국기를 왜 혐오스럽게 생각하고 있는 사람들이 생겼는지 모르겠습니다. 36년 동안 일본의 압제를 받으면서도 소중하게 숨겨 두었던 태극기입니다. 1945년 8월 15일 해방을 맞아 얼굴 곧추세우고 얼마나 기뻐했습니까? 태극기를 두 손 높이 들어 만세를 목청껏 부르며 얼마나 좋아했습니까. 우리나라도 국기가 있다고 얼마나 자랑스러워했나요?

6·25전쟁을 겪고 그 폐허 속에서도 험난한 고통을 이기고 이제 세계 10위권 안에 드는 경제 규모로 1인당 국민소득 3만 불을 넘어서서 선진국 대열에 들어선 대한민국입니다. 태극기가 세계만방 구석구석에서 대한민국의 얼굴이 되어 함께한 덕분이었습니다. 태극기만 보면 감격에 겨워 눈물이 흐르던 얼굴들이 왜 태극기를 외면해야 합니까? 경축일에는 관공서나 가정은 물론 거리에도 태극기 물결로 환했는데 이즈음은 태극기를 소중히 여기는 사람이 드문 것 같습니다. 지금은 세계가 한 울타리에서 어우러져 경쟁하며 사는 세상입니다. 내가 나를 소중히 여겨야 남도 나를 존경하게 됩니다. 우리 국민이 우리 태극기를 소중하게 여겨야 다른 나라 사람들도 우리 태극기를 소중하게, 대단하게 대해 줄 것입니다. 우리나라의 얼굴인 태극기를 소중하게 여기며 자랑스러

위해야겠습니다.

우리나라는 지금 문예부흥시대라고 할 만큼 문화예술이 번창하고 있습니다. 그런데 '태극기'에 대한 노래가 그리 많지 않습니다. 그래서 저는 태극기에 대한 시를 창작하기로 마음먹었습니다. 드디어 2015년에 민문자 시 박이제 작곡 서활란 소프라노 가곡「태극기」CD가 나왔는데 저는 많은 사람의 호응을 기대했습니다.『아름다운 서정 가곡』이라는 칼럼집을 출간하고 여러 카페를 통하여 가곡「태극기」를 홍보했습니다. 우리의 얼굴 태극기를 노래한 것이니까요. 그런데 4년 동안 아무런 반응이 없었어요. 오늘 비로소 실버넷 기자로 함께 활동하는 강금영 지휘자님께서 가곡「태극기」를 합창곡으로 편곡하여 불렀으면 좋겠다는 전갈이 왔습니다. 저는 기뻤습니다. 그래서 곧바로 작곡가 선생님께 부탁하여 2부, 3부 합창곡을 얻어냈습니다. 이제 태극기에 대한 이 작은 사랑이 가곡 합창을 통하여 방방곡곡 옮아가 우리 국민 모두가 애국심으로 태극기를 자랑스러워하며 사랑하는 날이 오기를 기대합니다.

(2019.02.26.)

애국심

오늘은 '태극기 선양 문학회 행사'가 6·25전쟁 71주년 기념행사와 더불어 애국시화전이 월미도 문화의 거리 '갈매기 무대' 앞에서 오전 11시부터 열린다. 우리는 미리 6월 23일 오프닝 행사에 참석하여 바닷가 긴 철책 난간에 전시되어있는 140여 점의 애국 시화를 감상하였다. 6·25전쟁 당시 철부지 일곱 살 어린 소녀가 팔순을 눈앞에 두고 나라 사랑하는 벗들과 함께 자작시「태극기」와「태극기와 애국심」이 젊은 날 오래 살았던 인천의 바닷가에 휘날리는 것을 바라보며 깊은 감회에 젖었다.

그리고 총 6.1㎞를 시속 10㎞로 달리는 '월미도 바다열차'에 탑승하여 월미도를 한 바퀴 돌면서 서해 인천항과 멀리 인천대교까지 한눈에 조망해 보았다. 2019년 개통되었다는 '월미도 바다열차'는 46명이 탑승 가능한데 요즈음은 코로나19 거리두기 시책으로 16명이 정원이다. 국내 최장 도심형 관광 모노레일이며 궤도 3선 레일로 운행 안전성과 무인 자동과 수동 운전으로 3중 안전 시스템을 갖추고 친환경 무가선 배터리 방식을 도입한 것이란다. 지상 7m에서 최고 18m 상공에서 월미도 전체를 아름다운 경관을 바라보는 마음은 참으로 격세지감을 느끼지 않을 수 없었다. '월미도 바다열차'는 월미도바다역과 월미문화의 거리역, 박물관역, 월미공원역 이렇게 4개의 역이 있다.

'월미도 바다열차' 관광을 마치고 차이나타운과 자유공원을 거닐었다. 선진국으로 도약하도록 아름답고 자랑스러운 내 조국을 굳건히 지켜내도록 인천상륙작전을 성공적으로 이끈 맥아더 장군 동상 앞에서 감사하는 마음을 담아 사진도 찍었다. 마지막으로 차이나타운의 맛난 중국요리로 이른 저녁 식사를 하고 귀경하면서 참으로 즐겁고 보람찬 여름날을 보냈다는 생각이 들었다.

(2021.06.25.)

국경일에는 태극기를 내겁시다
-존경하는 개봉 1동 동장님께

　어제 존경하는 동장님을 처음 만나 뵙고 참으로 가슴이 뿌듯했습니다. 제가 어릴 때는 동장님은 하늘같이 바라보며 가까이하기에는 매우 어려운 관계였었는데 감개무량합니다. 남성 동장님이실 줄 알았는데 의외였습니다.

　우리나라도 이제 선진국이 되었다는 것을 확실하게 느꼈습니다. 남자와 여자 성평등을 그렇게나 외치더니 국민 전체의 절반은 우리 여성들이 책임지고 대우도 받고 있다는 것을 실감했습니다.

　흔히 첫인상이 중요하다고 합니다. 동장님께서는 만인이 부러워할 아름다움과 향기 나는 인품을 지니신 멋진 분이십니다.

　훌륭한 지도력으로 우리 지역 주민들의 심성을 바르고 애국심 강하게 변화시킬 수 있는 분이시라는 것을 한눈에 알아보았습니다. 저는 동장님과 좋은 인연을 맺게 된 것을 큰 자랑으로 알겠습니다.

　저는 국경일이면 집집마다 창가에 태극기가 펄럭였으면 참 좋겠다는 희망을 안고 살아갑니다. 옛날에는 그러했는데 지금은 왜 안 그런지 알 수 없네요.

　현재 20년간 사는 저희 아파트에 처음 이사 올 무렵엔 국경일이면 절반 정도는 창가에서 태극기가 펄럭펄럭 휘날렸습니다.

　우리 아파트 209세대 만이라도 국경일에 태극기가 휘날렸으면 좋겠습니다. 생각하다 못해 곤궁한 제가 한 번에는 못하고 국경일이 임박하면 10본씩 주문해서 태극기 없는 집에 나누어드리고 관리실에서 "국경일에는 태극기를 답시다"라고 방송을 해주면 좋겠다고 생각했습니다.

제가 전에 태극기 일십만 원에 10본 구입하던 것을 마침 여기 주민센터에서는 17본 태극기를 구입할 수 있다니 반갑습니다. 적어도 2년 후에는 국경일에 태극기가 아름답게 펄럭이는 동네가 되지 않을까요?

태극기를 소중히 하는 마음을 우리 한번 유행시켜 봅시다, 동장님!

얼마 남지 않은 개천절을 위해서 우선 17본 태극기 값 일십만 이천 원을 맡기고 주문합니다.

2021년 9월 15일 민문자 배상

추신: 올해 국경일마다 저의 심경을 토로한 글 몇 편을 동장님께 첨부파일로 보여드립니다.

국경일 유감
-국경일에는 태극기를 게양합시다

　10월 3일 개천절에 이른 아침 일어나 창밖을 보니 벌써 경비실에는 태극기가 게양되어 있었습니다. 경비원의 노고를 다시 생각해 보니 참 고맙다는 생각이 들었습니다. 6시 40분에 나도 태극기를 내걸었습니다. 내가 제공한 태극기도 30본은 되니까 많이 기대되었습니다.

　얼마 전에 우리 동네 동장님을 처음 만나 뵙고 태극기에 대한 대화를 하면서 가슴이 뿌듯했습니다. 제가 어릴 때는 동장님은 하늘같이 바라보며 가까이하기에는 매우 어려운 관계였었는데 감개무량했지요.

　남성 동장님이실 줄 알았는데 의외였습니다. 우리나라도 이제 선진국이 되었다는 것을 확실하게 느꼈습니다. 남자와 여자 성평등을 그렇게나 외치더니 국민 전체의 절반은 우리 여성들이 책임지고 대우도 받고 있다는 것을 실감했습니다.

　흔히 첫인상이 중요하다고 합니다. 동장님께서는 만인이 부러워할 아름다움과 향기 나는 인품을 지니신 멋진 분이셨습니다. 훌륭한 리더십으로 우리 지역 주민들의 심성을 바르고 애국심 강하게 변화시킬 수 있는 분이시라는 것을 한눈에 알아보았습니다. 이제 동장님과 좋은 인연을 맺게 된 것을 큰 자랑으로 알게 되었습니다.

　저는 국경일이면 집집마다 창가에 태극기가 펄럭였으면 참 좋겠다는 희망을 안고 살아간다고 이야기했습니다. 옛날에는 국경일이면 우리나라 방방곡곡 거리마다 집집마다 태극기가 펄럭였는데 지금은 왜 안 그런지 알 수 없다는 안타까운 심정을 말씀드렸네요.

현재 20년간 사는 저희 아파트의 현실을 말씀하자면 처음 이사 올 무렵엔 국경일이면 절반 정도는 창가에서 태극기가 펄럭펄럭 휘날렸습니다. 국경일에 우리 아파트 209세대만이라도 태극기가 휘날렸으면 좋겠다고 생각했습니다. 생각하다 못해 곤궁한 제가 한 번에는 못하고 국경일이 임박하면 10본씩 주문해서 태극기 없는 집에 나누어드리고 2~3회 관리실에서 방송으로 안내해 주면 좋겠다고 생각하면서 살고 있습니다.

어라! 정오가 지났어도 휘날리는 태극기가 보이지 않았습니다. 오후 2시 30분이 지나고 나가 살펴보았습니다. 101동 2세대, 102동 7세대, 경비실 1, 우리 아파트 단지 내에 게양된 태극기는 모두 10본, 실망입니다. 광복절에 15본이 게양되었었는데, 내가 제공한 태극기도 30본이나 되는데 가져가서 왜 간직하기만 할까? 관리실에서 국경일 하루 전날 아침저녁 2차례와 당일에 1차례만 방송해 주면 효과가 좋을 텐데, 긴급한 사항에만 방송을 할 수 있다는 자치회 임원들의 마음을 어떻게 돌리나요? 우리 국민 전체의 의식이 왜 이렇게 되었을까요? 국경일에 태극기 게양하자는 방송이 주민들에게 소음으로 들리고 그 소리를 이해 못 해준다는 이 이상한 주민들 의식을 어찌해야 합니까? 이심전심으로 정이 흐르는 이웃이 되어 내가 사는 마을 사랑, 나라 사랑으로 제일 쉽게 애국심을 기를 수 있는 방편은 국경일에 태극기 게양하는 마음인 것을, 참으로 유감입니다.

자식을 효성스러운 자녀로 성공적인 인생이 되도록 기르려면 우선 가장 쉬운 애국심을 보여주면 좋겠습니다. 나라에 충성하고 부모에게 효도하는 자식을 두는 것이 우리 공통의 바람이 아닌가요?

부모는 자식의 거울이라고 하지요. 윗물이 맑아야 아랫물도 맑다고 하고요. 우리들의 이 보편적인 진리를 왜 사람들은 깨닫지 못하고 실천하지 않을까요? 이제 2021년도 저물고 2022년 3월 1일에나 기대해 보아야겠습니다.

국경일에는 태극기를 게양합시다. 국경일에 태극기 게양하는 습관을 우리 실버 세대가 솔선수범하는 것을 잊지 맙시다.

(2021.11.01)

남북사랑학교 사랑

-남북사랑학교 심양섭 교장선생님께

          .

오늘은 입춘일, 이제 남북사랑학교에도 봄바람이 일고 봄꽃이 피어나 겠지요? 따뜻하게 사랑으로 어려운 일 하시는 교장선생님 존경합니다.

다가오는 2월 8일 남북사랑학교 제5회 졸업식을 축하합니다. 남북사 랑학교가 마침 우리 동네 가까이 있어 이따금 지나칠 때마다 예사로 지 나칠 수가 없었습니다. 그래서 제3회와 4회 졸업식 때 허락 없이 참석 하여 제 마음이 가는 대로 행동했습니다.

저는 14년째 신장 투석을 하는 가장의 아내로 내년이면 팔순이 됩니 다. 부모 봉양한다고 오십이 된 아들이 결혼도 하지 않고 있는데, 내가 누구를 돕는다는 것이 어쩌면 허영인지 모르겠습니다.

북한에서 죽음을 무릅쓰고 찾아온 이곳에서 졸업하는 날, 의지가지 없는 학생도 있을 것이라 생각되어, 제 분수도 모르고 단 한 번 졸업하 는 날 책 한 권 값이라도 직접 안겨주고 싶었습니다. 그러하오니 전과 같이 졸업식 날 알 듯 모를 듯 뒷자리에 참석하고 싶습니다.

졸업생 10명이라는 소식에 100만 원을 준비했습니다. 지난해와 같 이 10명의 명단을 보내주시면 제가 직접 이름을 쓴 봉투를 선물로 주 고 싶습니다. 사회에 또는 대학에 진학하는 데 작은 마음이라도 보태고 싶어서요.

저의 수명이 얼마가 될지 모르지만 남북사랑학교 졸업식을 기다리는 희망을 안고 열심히 살고 싶습니다. 부디 저의 이 소소한 행복을 거절하지 말아 주시기 바랍니다.

2022. 2. 4. 소정 민문자 배상

〈제5회 남북사랑학교 졸업식〉

2022년 2월 8일 오후 3시에 서울 구로구 고척로 28(오류동11-50) 예원빌딩 3층 강당에서 남북사랑학교 제5회 졸업식을 1부 사회는 추유진 교감, 2부는 이현영 교사의 사회로 거행하였다.

1부에서는 제일 먼저 민찬규 전도사의 찬양과 라윤수 장로의 기도 후에 추유진 교감의 '창세기 32장 22~32절' 말씀 봉독이 있었다. 다음 조성욱 목사의 '네 이름은 이스라엘이라'는 설교와 축도가 있었다.

2부에서는 정주연, 루아의 축가 후에 꽃제비 탈북민 출신 지성호 국회의원의 격려사가 있은 후, 태영호 국회의원과 조혜련 개그우먼의 영상 격려사를 듣고 마지막으로 이순국 집사의 격려사를 들었다. 그리고 정규재 이사와 남북사랑학교 설립자 이빌립 목사와 온성도 목사의 축사 후에는 심양섭 교장의 인사 말씀이 있었다.

진은성 재학생의 송사 다음에 정가영 졸업생이 답사로 북한에서는 학교에 가지 못했는데 대한민국에 와서 초, 중, 고 과정을 공부하고 검정고시를 거쳐 이번에 신한대학 간호학과에 입학하게 되었다고 하였다.

박현주 졸업생은 2017년 어린 나이에 탈북하여 2020년 9월에 입학하고 이번에 한국외국어대학 중국언어문화학부에 입학하게 되었는데, 여기 와서 "배워서 남 주자"라는 말을 처음 들었다면서 진학하여 공부를 잘 마치고 이 학교에 돌아와 후배들을 위해서 일하겠다는 소감문을 발표하였다.

졸업생 10명 중 서울사이버대학 사회복지학과에 진학하는 정송희 양은 코로나로 인하여 애석하게 졸업식에 참석하지 못하여 영상으로 얼굴을 비춰주었다. 졸업생들은 심양섭 교장 선생님으로부터 졸업장과 선물과 그리고 장학금도 받은 후 전체 기념사진을 찍었다.

2부

행복

당신은 지금 얼마나 행복한가

저는 지금 퍽 행복합니다. 1995년 처음 한국언어문화원에 와서 김양호 원장님과 조동춘 박사님께 십여 년간 말을 배우고 간 사람입니다. 이곳에서 십여 년 전에 이미 고인이 된 친구의 권유로 수필을 공부하게 되었고 그 후 또 시(詩)도 공부하게 되었습니다. 그리고 서예와 문인화도 접하게 되었지요. 제가 행복한 시간을 누릴 수 있었던 것은 훌륭한 스승들을 많이 만나 공부 시간을 즐길 수 있었기 때문입니다.

인간의 행복이란 모름지기 자신이 하고 싶은 일을 하면서 먹고 싶을 때 먹고 잠자고 싶을 때 자고 어디든 가고 싶은 곳에 갈 수 있는 거리낌 없는 자유가 있을 때 행복합니다. 그런데 뜻하지 않게 지난 6개월 동안 세계 인구 대부분이 코로나19에 매몰되어 전전긍긍하면서 마음대로 행동할 수 없는 불행한 삶을 살고 있습니다. 마스크를 써야만 외출할 수 있고 직장에서도 마스크를 쓴 채로 근무를 하게 되니 이 얼마나 불편합니까? 사회 거리두기가 다소 완화되기는 했지만 언제 이 암울한 터널을 완전히 벗어날 수 있을까요?

대부분 계획했던 사업이나 여행도 할 수 없고 매일 매스컴에서는 코로나 확진자와 사망자를 실시간으로 방송으로 알려주니 행복지수가 떨어지고 우울증 환자가 많이 늘어날 수밖에 없는 일이지요. 먹고 싶은 음식을 마음대로 먹을 수가 있나, 가고 싶은 곳에 마음대로 갈 수가 있나, 지금까지 겪어보지 못한 불행이라고 모두 힘들어할 때, 저는 다행히 시집을 만드는 일에 전념하느라 행복한 시간을 가졌습니다.

십여 년 전에 부부시집 두 권을 내놓고서, 부부시집 한 권 더 내놓고 나의 개인 시집을 내놓으리란 각오를 했었어요. 그런데 남편이 지금 12년째 혈액 투석을 하고 있습니다. 만사가 귀찮아서인지 우리 집에 배달되는 수많은 문학 서적을 섭렵하면서도 쓰지는 않고 저의 시집만 내라고 해서 그래도 기다리면서 시 쓰기를 멈춘 적이 없고 계속 창고에 쌓기만 했습니다.

시 나부랭이들을 간추려보니 시집 네 권 분량이 되는 거예요. 한 권만 내놓자니 시 한 편 한 편이 저를 뽑아달라는 것 같아서 모두 함께 독자들을 만나기로 하고 시집 네 권을 한꺼번에 내놓았습니다.

소정 민문자 제1시집 『시인 공화국』, 소정 민문자 제2시집 『독신주의』, 소정 민문자 제3시집 『공작새 병풍』, 소정 민문자 제4시집 『꽃시』

이른 봄부터 시집 발간에 정열을 쏟느라 행복했고 시집이 출간된 후에는 조촐하게나마 존경하는 스승 임보 시인을 모시고 성의껏 준비한 음식으로 출판기념회를 해서 행복했습니다. 그리고 그동안 받기만 했던 문우들에게 일일이 봉투 겉봉에 붓글씨로 주소를 쓰면서 기쁜 시간을 보냈습니다. 어제도 오전에 우체국에 들러 시집 몇 권 우송하고 저녁 모임에 스물다섯 권을 가지고 가서 나누어 주는 기쁨을 가졌습니다. 오늘도 여러분께 드리려고 몇 권 가져왔습니다.

이 봄날에 저는 시집 출간의 기쁨을 누리게 되어 퍽 행복하다는 말씀을 드렸습니다.

2020. 5. 19. 한국언어문화원 화요 스피치에서

소소한 행복

세월은 하룻밤 꿈처럼 흘렀다. 가을 햇볕이 쨍쨍한 날 바깥마당에 멍석 여러 개가 펼쳐져 있었다. 스물다섯 엄마는 고무래로 벼를 고루고루 펼쳐 널고 있다가, 마당 한 켠 둥구미 안에서 흔들흔들 몸을 움직이며 깨소금 비빔밥을 먹던 다섯 살 내게 큰 소리로 외치셨다.

"흔들지 마라, 뒤집힐라!"

아직도 내 귀청을 울리는 엄마의 젊은 목소리 어제 낮처럼 생생하다. 그 후 우리 마을에서는 처음으로 중학교 여학생이 되어 아침마다 등교하는 모습이 내심 무척 자랑스러우셨는지, 산마루 너머로 내 모습 사라질 때까지 바라보시던 어머니셨다. 6km나 되는 거리를 황새라는 별명을 가진 허약한 다리로 등하교하다가 처음으로 생긴 시내버스를 타고 다니던 어렵던 시절, 수학여행도 겨울 코트와 맞바꾸고 못내 서운해하던 때도 엊그제 같다.

그동안 열다섯 살에 아버지를 여읜 사 남매의 맏이로 제대로 딸 노릇 누나 노릇, 언니 노릇도 못했는데 어머니는 어느새 백수가 눈앞이시다. 따라서 올해 너도 희수가 되었다고 2020년 달력이 은근히 눈짓한다.

아버지 안 계신 것이 무슨 죄인 양 늘 기죽은 모습으로 우울하게 보낸 뒤에 다행히 아버지처럼 이끌어 주는 배우자를 만나게 되면서부터 평생을 공부하며 살아야 한다는 마음을 갖게 되었다. 그렇게 많은 세월이 흐르고 보니 남 앞에서는 말 한마디 못하던 소극적이던 성격이 나이 들수록 내 안에서 망설이던 자신감을 곧추세울 수가 있었다. 참 자랑스러운 세월이었다. 사십 대 이후 늘 배움터를 찾아 여러 훌륭한 스승과 동문들을 만나게 되니 자연히 자존감을 회복할 수가 있었다. 둔재 중의 둔재가 '계속은 힘이다'라는 말만 믿고 여기까지 달려온 것이다.

늦은 나이에 수필과 시를 공부하고 글씨와 문인화를 공부하다 보니 도낏자루가 다 썩어 버렸다. 이룬 것은 없어도 이제껏 공부해오던 과정이 소중한 행복의 시간이었다. 좋은 선생님을 여러분 모실 수 있어 행복했다. 오빠 언니 같은 선배와 동생 같은, 딸 같은 벗을 많이 사귈 수 있어서 행복한 시간이었다.

나의 지론은 '약속은 꼭 지킨다'라는 틀림없는 사람이라는 나 자신과의 약속을 지켜내는 일이었다. 그것은 나의 성격이고 나의 장점이었다. 이것이 나를 현재 내 안의 행복감을 만끽하는 결과를 가져다주었다고 생각한다. 언제나 그날그날 그때그때 최선을 다하면서 산다. 그러다 보면 아무리 어려운 상황이라도 '최선을 다하면 80%는 이루어진다'라는 것이 나의 신념이다.

요사이 나는 무척 행복하다. 남이 볼 때 경제적으로 넉넉한 것도 아니고 병든 남편을 모시는 주제에 무엇이 그리 행복하냐고 반문할지도 모르겠다. 그러나 나는 참 행복하다고 말할 수 있다. 첫째 97세 어머니를 극진히 모시는 효자 효부 남동생 내외와 어머니께 둘째가라면 서러워할 효녀 여동생 둘이나 있어 우애롭고, 자식들은 나를 굶기지 않으니 이만하면 행복하지 않은가. 내 나이에 때때로 소통할 수 있는 어머니가 '계시다'는 것이 가장 행복한 일이고 자랑스럽다.

12년째 혈액 투석을 하는 가장은 본인이야 무척 괴롭겠지만 그런대로 일주일에 3회씩 병원을 오가며 건강관리 잘하고 있다. 우리 집에 배달되는 수많은 문학 서적을 섭렵하면서 아내의 바깥나들이 행사에도 거부감 없이 성원해 주는 편이니 이 또한 행복이다. 지난해 가을 막내 여동생과 함께 여행하고 룸메이트로 많은 이야기를 나눈 것도 또한 소소한 행복이었다.

여기저기 그동안 배움터를 찾아서 살다 보니 여러 단체의 회원이 되어 있다. 그중에서 시문학과 시 낭송에 관심을 많이 가지고 그 회원 역할을 하게 되는데, 그때마다 최선을 다하는 마음으로 참석한다. 또 더 많은 회원이 참석하도록 누가 부탁하지도 않지만 몇몇 사람에게는 일일이 전화를 걸어 함께 참석하자고 권유한다. 그러면 대부분 특별한 일이 없으면 나의 의견에 적극적으로 호응해 주니 이 아니 기쁜 일인가? 신뢰를 한다는 것 아닌가.

그래서 행복하다는 것이다. 무엇보다도 많은 사람에게 믿음을 주고 있다는 것이 자랑스럽다. 몇 년 전부터 여름이면 두 군데 문학회에서 여름 시인학교와 문학기행에 십여 명씩 함께 참여하고 즐겼다. 그러다 보니 지난해 '구마루무지개' 송년회에도 20명이 참석, 한 해를 무척 보람 있는 해로 마무리하였다. '구마루무지개'는 내가 이끄는 시 낭송회로 매달 둘째 토요일 5시 구로 예술극장 무대에서 시 낭송도 하고 가곡 감상도 하는 그룹이다.

2013년부터이니 이 또한 적지 않은 세월 기쁨의 시간이었다. 올해는 5월에 청주에서 제1회 대한민국 시인축제가 1박 2일 열린다고 하는데, 여기도 우리 그룹에서 대형버스를 가득 채울 45명이 참석하겠다고 등록하였다. 일일이 전화를 건 소득이다. 내 고향을 빛내는 행사에 작은 도움이라도 주고 싶은 마음으로 시간을 많이 제공하였다. 여기에 대회장은 나의 시에 박이제 작곡가가 작곡한 가곡 「무심천 꿈길」을 오프닝 행사에 부르도록 지정해 주었다. 청주여고 후배 노태숙 성악가의 목소리로 들을 수 있으려니 이 또한 행복한 일이다.

2009년 두 번째 부부시집과 2010년 첫 수필집 『인생의 등불』을 내놓고 시라고 써놓은 것을 갈무리를 못했다. 창고에서 울고 있던 시 나부랭이들을 간추려보니 4권의 시집이 되었다. 큰마음 먹고 정리해서 십여 년 만에 소정 민문자 제1시집, 제2시집, 제3시집, 제4시집, 네 권의 시집이 한꺼번에 곧 나온다. 이 또한 내 마음을 기쁘게 하는 일이다. 이렇게 요즈음 나는 소소한 행복을 느끼며 산다. (《한국수필》 2020년 5월호)

(2020.03.13.)

스승 앞에서

-소정 출판기념회

　2020년 4월 16일은 소정이 꿈결처럼 즐겁게 보낸 평생 잊지 못할 시간이었습니다. 여럿이 모이는 것을 금기시하는 때라 '우리시' 교정보는 날, 점심시간 틈을 내어 명목상이나마 간소하게라도 시기를 놓치지 않고 시집 출간 기념, 자축의 시간을 가졌어요. 선생님과 몇 분이라도 모실 수 있어서 두고두고 자부심을 간직하게 되었습니다.

　소정 민문자 제1시집 『시인 공화국』, 제2시집 『독신주의』, 제3시집 『공작새 병풍』, 제4시집 『꽃시』, 4권의 시집 출간 중 제4시집 『꽃시』 평론을 써주신 임채우 시인께서 사회를 맡아주셨습니다.

　존경하는 임보 선생님, 홍해리 선생님과 임채우 이사장, 전선용 주간, 이상욱 시인, 박은우 시인, 윤순호 시인을 모신 가운데, 임보 시 「내 앞에서」를 낭독하고 선생님의 기림의 말씀과 홍해리 선생님의 주옥같은 말씀을 들었습니다.

　박은우 시인의 하모니카 연주에 맞추어 후배 최진자 낭송가가 『꽃시』 82페이지의 「어머니의 질시루」를 낭송하고, 임보 선생님께서 「청산무」를 낭창하신 후, 윤순호 시인은 『꽃시』 90페이지의 「청춘」을 낭독했습니다.

　청주여고 후배 시인 노태숙 성악가가 부른 『꽃시』 141페이지의 「무심천 꿈길」 가곡과 박은우 시인의 「봄처녀」 하모니카 연주는 이 봄에 정말로 봄처녀가 된 듯 빠져들게 했습니다.

코로나 시국에도 불구하고 달려와 준 고마운 후배와 수필을 쓰네, 시를 쓰네 하는 어미에게 평소에 별 관심이 없던 인천 사는 고명딸이 새벽부터 소래포구에 나가 광어회와 꽃다발까지 마련해 와서 그런대로 즐겁게 보낼 수 있었습니다. 몇 사람 안 되는 조촐한 자리였지만 행복했습니다. 나이도 잊어버리고 선생님 앞에서 재롱을 피우는 기분이었습니다.

선생님 감사합니다. 오래오래 건강하시고 행복한 시간 즐기세요.

봄 마중

　연중 가장 좋은 봄날이다. 대문을 나서면 하얀 목련이 덩그러니 꽃구름으로 황홀하게 다가온다. 우리 부부가 오늘은 아들이 운전하는 자동차 뒷좌석에 편히 앉아 철원 비무장지대에 있는 문중 선산을 찾아가는 길이다.

　해마다 이맘때면 한식 차례를 올리러 간다. 수년 전에 나 자신이 운전할 때는 서너 시간이 족히 걸리던 먼 거리다. 과학기술의 발전에 따라 세월은 점점 좋아져 아들은 최신 기기인 차량 자동항법 장치인 길도우미를 갖춘 자동차를 운전하고 가니까 두 시간이면 충분히 간다. 부천에서 서울외곽순환도로로 진입하여 김포 요금소를 거쳐 자유로에 들어섰다.

　오두산 통일전망대 옆을 스쳐 지나 임진강 건너 북한 산하를 바라보니 요즈음 복잡한 남북문제에 생각이 미친다. 헤엄을 잘 치는 수영선수라면 몰래 민통선을 뚫고 우리 쪽 철책 안으로 들어올 수도 있지 않을까? 멀리 보이는 북한 땅은 민둥산이 많고 우리 쪽 산봉우리는 산마루까지 울창한 나무숲의 하늘과 맞닿은 선이 기계로 이발한 듯 멋져 보인다. 늦가을 시제 지내러 갈 때는 임진강변 가장자리 습지에 청둥오리 검둥오리들이 장관을 이루었는데 모두 북쪽으로 날아갔는지 오늘은 전혀 볼 수가 없다.

　자동차는 임진각과 판문점으로 가는 길을 버리고 문산 쪽으로 직행하여 적성을 지나 한탄강을 건너고 전곡을 거쳐 연천으로 들어섰다. 북쪽인데도 봄기운으로 충만한 마을마다 개나리 진달래 곱고 목련이 벙 글벙글한다.

대광리역 신탄리역을 지나 백마고지역이다. 언제나 거치는 곳, 전쟁 터 대마리 고향을 지키고 있는 문중의 구심점으로 자리한 조카 집을 지 나, 민통선을 지키는 초소에서 신분증을 맡기고 세 명의 군인이 뒤따라 오는 농로를 따라 선산으로 올라갔다. 추수가 끝나고 시제를 지내러 올 때는 이 철원평야에 재두루미들의 멋진 군무를 보곤 했는데…….

벌써 볍씨 못자리는 끝낸 모양이다. 봄빛 아지랑이 솔솔 피어오르는 산야, 백마고지 전승탑, 저곳이 그리도 치열한 전쟁을 겪었다고는 믿기 지 않을 정도로 가까이 안내판이 서 있다. 오토골 선영 건너편 산자락 에 남방한계선도 참 가깝게 보인다.

사람은 태어나 평생 길을 찾아 걷는다. 결국은 죽음의 길을 찾아가는 것이 아닌가. 선조들이 누워계신 산자락 계단 아래 부모님 항렬이 누워 계시고 다음 아래가 우리 세대의 자리다. 지금은 화장문화가 일반화로 인식되어 그렇게 문중에서 미리 조성해 놓았다. 내가 죽으면 어떤 자리 가 될까. 일찍 죽어야 좋은 자리를 차지하겠지? 개똥밭에 굴러도 이승 이 좋다는 속담도 있는데…….

얼마 전까지만 해도 지뢰밭이었던 곳인데 조상님들이 계신다는 이유 때문인지 내게도 영원히 돌아갈 땅이 있다는 것이 왠지 싫지 않다. 시 숙과 문중의 젊은 조카들이 일찍 와서 산소 주위의 나무들을 이쁘게 이 발해 주는 중이었다. 마지막으로 길가 양쪽으로 코스모스씨를 뿌렸다. 추석 성묘 올 때는 곱게 한들한들 피어날 것이다.

조상님들께 술과 과일을 진설해 차례를 올렸다. 농사용으로 이용하는 컨테이너에서 큰상을 꺼내 평평한 자리에 음식을 차려 놓고 삼겹살을 구워서 점심을 먹었다. 나뭇가지 울창한 산을 잘 가꾼 모습을 바라보고 모두 기분 좋아하며 이야기꽃을 피웠다. 새봄을 맞아 선산을 찾아 조상님께 인사를 드리고 돌아올 때는 가슴에 봄을 가득 안고 돌아오는 기분이었다. 봄 마중을 잘한 모양이다.

(2016.04.04.)

봄나들이

이십여 년 전에 공부한 인연으로 만나는 이번 정기모임은 봄나들이다. 연천의 허브빌리지를 소유한 학교 동문회장이 우리 모임을 한 달 전에 초대한 것이다. 자동차가 없으니 오후 2시 반에 합정동 약속 장소에서 한 사장과 함께 손 사장의 카풀 신세를 지기로 했다. 자유로에 들어서서 오두산 전망대를 바라보고 파주 문산 적성 연천 목적지에 다다를 때까지 날씨도 좋고 얼마나 도로 풍광이 아름다운지 자동차 안의 세 여자 모두 가슴속이 커다란 풍선처럼 부풀어 올랐다.

열흘 전에 철원 선영에 다녀오느라 갔다 온 길 다시 지나노라니 도롯가의 꽃봉오리였던 벚꽃이 만발하여 더욱 아름답다. 저 산 넘으면 우리 조상님들 모신 선영이라 생각될 즈음 목적지에 정확하게 4시에 맞추어 도착이 되었다. 주차장 규모가 어느 외국에 온 듯했다.

정문에 들어서니 환영 푯말까지 마련한 주인이 커다란 흰색 개 두 마리와 함께 반갑게 맞아준다. 아기자기하게 꾸민 입구에서 바라본 허브농장이 가운데 넓게 쫙 펼쳐져 있다. 좌우로 작은 구릉 언덕 평지에는 그에 어울리는 건물이나 기물들이 조화롭게 배치된 것이 친자연적이라는 느낌이다. 우리 회원 14명이 모였다. 청일점인 회장은 직접 우리를 인솔하고 다니며 하나하나 세심하게 설명하였다. 가장 놀라운 것은 거대한 주상절리와 거북 모양 바위, 저 거대한 것을 어찌 여기까지 운반해 올 수 있었을까.

일만 칠천여 평의 규모에 세심하게 건축물과 정원문화를 아기자기하게 멋스럽게 이루어 놓은 허브마을은 유유히 흐르는 임진강변에 위

치하여 어디에 비견할 수 없는 으뜸 풍광이다. 한마디로 도시 생활에서 휴식을 취하러 찾아오도록 많은 신경을 써서 이룬 작품이다. 쉼터의 개념을 가질 수 있도록 테라스에서 아름다운 주위 경관을 조망할 수 있는 고급 복층형 가족 객실과 저렴한 가격으로 즐길 수 있는 소형 중형 대형 평수 모두 객실이 사십 채나 된다. 잔디광장과 들꽃동산부터 대형 온실, 허브샵, 허브찜질방, 야외 바비큐장, 야외수영장, 음악연습실, 야외공연장 등 부대시설은 누구나 한번 와보면 또 오고 싶은 휴식처로 손색이 없다고 느껴졌다.

가장 기억에 남는 장소는 임진강 바로 위에 세워진 정자각이다. 이곳 탁자에서 식사도 하며 아름다운 임진강을 바라보노라면 저절로 세상 근심을 잊을 것 같다. 두 시간이 넘도록 이리저리 구경을 마치고 만찬 자리에 앉았다.

회장의 재치 있는 건배사에 모두 복창하며 샴페인으로 건배하였다. 달콤한 포도주와 맛 좋은 배다리 막걸리에 진달래꽃잎을 살짝 얹은 전채 샐러드와 이곳에서 채취한 쑥과 율무튀김 머위 쌈과 솔잎향 그윽한 떡갈비 안주로 봄밤의 낭만을 만끽하였다.

한창 대화의 꽃을 피우고 식사를 하기 전에 홍 회장이 임보 시인의 시 「오빠가 되고 싶다」를 멋스럽게 낭독하였다. 답가로 나는 자작시 「청춘」을 낭송하니 모두 환호성이다. 맛있게 늦은 식사를 하고 나니 이렇게 아름다운 봄밤은 어느새 9시 반, 우리는 일어서기 서운했지만 모두 불빛 황홀한 서울을 향하여 귀로에 올랐다.

(2016.04.19.)

남산 꽃구경

참 좋은 4월, 해마다 4월이면 마을마다 꽃대궐입니다. 몇 년 전까지만 해도 산수유 개나리 진달래 목련화 벚꽃이 순서대로 피어났습니다. 어찌 된 일인지 이즈음은 이들 꽃이 한꺼번에 어우러져 피고 집니다. 잘못하다가는 벚꽃구경 제대로 한번 못하고 봄이 날아갈 것 같아 큰마음 먹고 남산 밤 벚꽃을 구경하기로 마음먹었습니다.

일기가 참 좋은 4월 7일 저녁 6시 반, 네 사람이 남산 도서관 앞에서 남산 순환 버스에 올라탔습니다. 남산 순환 버스는 전기버스입니다. 충무로 퇴계로 장충단공원을 거쳐 남산타워로 오르는 버스 뒷좌석에서 바라보니 한눈에 온 서울의 아름다운 경치를 다 볼 수가 있었습니다. 노란 개나리와 진달래도 아름답거니와 한창 만개한 벚꽃 터널을 통과하며 바라보는 꽃구름 풍경은 정말 감탄사가 저절로 나옵니다. 남산타워가 있는 정상에 도착하였습니다. 아래서 올려다보며 생각했던 풍경과는 딴판입니다. 잘 정비된 현대감각의 시설물이 관리도 잘되고 있는 듯합니다.

팔각정이 있는 광장에는 청춘들이 대부분, 그중에 중국 관광객인 듯싶은 외국인들이 왜 그리 많은지, 오히려 내국인은 드물게 보입니다. 오래된 수목들의 아름다운 모습과 타워를 비롯한 현대화된 편의 시설이 좋은 관광지로 손색이 없다는 인상을 줍니다. 입을 딱 벌릴 정도로 많은 인파입니다.

가장 시선을 끄는 것은 난간이나 계단 같은 시설물이 온통 알록달록

한 자물쇠로 뒤덮여 묶여 있는 것입니다. 광장 한편에 자물쇠 꽃탑도 여덟 개나 설치되어 있습니다. 행운과 행복을 기원하며 남산에 올랐다는 기념이 자물쇠란 말인가. 행복을 꽁꽁 묶어놓고 가서 어쩌란 말인가. 남산이 저 무게를 다 어찌 감당할까 걱정스럽습니다. 20년 전 처음 중국 황산에서 처음 본 그 모습을 신기해했는데 이렇게 유행이 되었군요. 자물쇠가 쌓인 시설물을 배경으로 사진을 많이 찍습니다. 우리 일행도 자물쇠 꽃탑에서 포즈를 취하고 기념촬영을 하였습니다.

팔각정이 있는 정상에서 바라본 서울 시내의 야경은 어둠과 찬란한 빛의 조화로 색다른 밤 풍경이었습니다. 흐릿하게 멀리 보이는 북한산 북악산 낙산 안산 수락산 불암산 관악산 아래로 크고 작은 수많은 아파트와 빌딩 숲과 한강 줄기 따라 강변북로와 올림픽대로에 길게 늘어선 자동차 행렬의 불빛은 참 장관입니다. 남산 정상에 있다는 설렘과 함께 저녁을 뚝배기 불고기로 맛있게 했습니다. 과거 서울을 지키던 구멍 세 개씩 난 성곽과 봉수대에 대하여 동행한 친구의 자세한 설명을 들으며 산책길 따라 도보로 벚꽃이 만개한 경사진 꽃길을 내려왔습니다.

고목에 흐드러지게 핀 벚꽃 길이 어둠에 가려 제대로 감상할 수가 없습니다. 낙화가 되기 전에 한낮에 다시 올라와 구경하고 싶습니다. 남산 성곽길 따라 다시 한번 걸어 보리라. 매일매일 바쁜 일상에서 모처럼 상큼하게 남산 꽃구경을 한 날입니다.

(2016.04.11.)

44

소중한 인연

우리는 태어나면서부터 수많은 사람과 인연을 맺으며 생활합니다. 피를 나눈 부모 자식 형제는 필연적이지만 살다 보면 이웃이 생기고 새롭게 인연을 맺는 스승과 친구도 생깁니다. 사람과 사람 사이는 내가 상대를 얼마큼 존중하느냐에 따라서 인연이 깊게 오래도록 유지되기도 하고 그저 스쳐 지나는 인연이 되기도 합니다. 우리는 어떤 사람들과 인연을 맺으며 살고 있나요? 그 사람을 알려면 그 친구를 보면 대강 짐작한다고 하지요? 아마도 그래서 유유상종(類類相從)이란 말이 생겨난 모양입니다.

저는 요즈음 식혜를 자주 만들어 먹습니다. 남편도 좋아하고 저도 상당히 좋아하기 때문에 숭늉 끓이듯 떨어지기 무섭게 계속 유리병에 식혜를 만들어 담아 냉장고에 저장해 놓습니다. 맛 좋은 식혜를 만들려면 엿기름가루가 필수적으로 필요합니다. 시장에서 구입해도 되겠지만 평상시에 꼭 필요한 것이 아니므로 시장에서 구입할 생각조차 못 했습니다. 그런데 외사촌 언니가 해마다 추수가 끝나면 쌀가마니에 엿기름 봉지를 넣어 보냅니다. 쌀이나 엿기름이나 언니 부부의 손길이 여든여덟 번은 족히 스쳤을 것입니다. 그렇게 정성이 들어간 것을 이 동생이 무어라고 이십 년간 해마다 보내줄까요?

분명 전생부터 우리는 각별한 인연으로 맺어진 사이가 아닌가 하는 생각이 듭니다. 멀리 떨어져 있어도 언제나 가까이 있는 듯한 언니입니다. 가끔 전화로 안부나 묻는 이 동생을 끔찍이도 사랑하는 언니입니다. 우리의 농촌도 이제는 도농의 격차가 적어져 살만한 세상이 된 모양입니다. 언니는 복지관이나 평생교육원에 다니느라 낮에 전화를 못받았다는 것입니다. 언제나 얼마나 반갑게 대해주는지 모를 언니 목소리가 옆에서 이야기하듯 들려옵니다. 친자매보다도 더 가깝게 느껴집니다. 너무 고마워서 어쩌다 한두 번 소래 어시장 생선회를 고속버스편으로 보내드린 것뿐인데 언니는 호박이며 찹쌀 그리고 밤콩과 가을이면 햇밤을 보내줍니다. 아마도 미래세상까지 우리의 돈독한 인연은 계속되리라 믿습니다.

어릴 때 함께 놀던 소꿉친구는 멀리 고향에 있지만 전화로 자주 대화를 나누니 옛날처럼 옆집에 사는듯합니다. 오늘도 남산 문학의 집에서 다음 달에 그대가 꼭 들어야 할 특강이 있다고 전화로 알려주었네요. 내게 일이 있거나 그 친구에게 대사가 있으면 어김없이 우리는 달려가고 달려옵니다. 평생 친구이니 얼마나 소중한 인연입니까.

제가 늙어갈수록 기분 좋은 것은 좋은 분들을 많이 만난다는 것입니다. 첫째 훌륭한 스승 몇 분을 만나 계속 가르침을 받을 수 있어 행운이라 생각합니다. 식을 줄 모르는 열정이 있어 스승을 모시고 공부하는 마음을 유지하고 있어 행복합니다. 그래서 스승님을 성심성의껏 마음으로 모십니다. 둘째 저를 따르는 후배가 있어 어디를 가나 동생이나 딸과 같은 연배와 친구로 손색없이 함께 즐길 수 있다는 것입니다. 저와 함께하는 시간을 즐기려는 젊은이들과 친구 한다는 것이 참으로 자랑스럽게 생각합니다. 함께 배우는 자세로 일일 여행도 하면서 지혜로운 삶을 추구하는 우리입니다. 그들을 만나 제가 행복하듯이 저와 인연 맺은 모든 분 저로 인하여 더욱 행복하시라 마음으로 기도합니다. 이런 인연을 저는 사랑합니다. 소중히 생각합니다.

(2016.04.26.)

시와 시인과 함께하는 여름
-우리詩 여름시인학교에 다녀와서

　우리詩진흥회(이사장 홍해리)는 지난 8월 25~26일, 1박 2일 괴산군청소년수련원(충북 괴산군 괴산읍 충민로 검승3길 41)에서 "시와 시인과 함께하는 여름"을 기치로 내걸고 2018년도 여름시인학교를 열었다. 연일 계속되던 폭염에도 개의치 않고 정회원, 후원회원, 카페 회원들이 부산 여수 포항 청주 서울 등 경향 각지로부터 버스와 승용차를 이용해 모여들었다. 시인, 작가 등 문화예술인들과 문학애호가 90여 명이 참가하여 성황을 이루었다.

　차영호 교장의 인사 말씀으로 여름시인학교 입학식이 시작된 뒤 백일장 시제 발표가 있었다. 제목은 '바람'과 '소[牛]' 중에서 택일토록 했다. 뒤를 이어서 임보 시인의 '낭창 및 시 강의'가 있었다. 임보 시인은 시 낭송 문화의 새 지평을 열고자 독보적 낭송 기법인 '낭창'을 개발하여 다섯 작품을 선보였는데 청중을 매료시켰다.

　임보 선생님께서 발표한 낭창의 작품은 첫째로 고려가 중 정서의 「정과정(鄭瓜亭)」, 둘째로 작자미상의 고려속요 「청산별곡」, 셋째로는 황진이의 평시조 「청산은 내 뜻이요」 등 다섯 작품, 넷째로 현대시로 넘어가 소월의 「접동새」를 읊었고, 다섯 번째로 한용운의 「알 수 없어요」를 낭창하셨다. 곁들여 시집 『님의 침묵』에 담긴 시 88편을 20일 동안 썼다는 만해의 일화를 들려주셨다. 개량 한복 차림의 임보 시인과 낭창은 썩 잘 어울렸으며 청중들을 마치 신선 세계로 이끌어 간 듯한 감동에 사로잡히게 했다. 그리고 재미있는 바자회 시간을 가졌다.

우리詩는 매년 여름시인학교 때 참가자들의 많은 호응 속에 우리詩 바자회를 개최한다. 회원이나 후원회원들이 기증한 물품을 내놓고 바자회를 열어 그 수익금은 우리詩회의 열악한 재정에 보태는 행사다. 기증을 통하여 서로 나누어 쓰는 기쁨을 누리고 아울러 부족한 행사비를 충당하고자 하는 자선행사다. 애장도서, 문방용품, 시화, 액자, 도자기, 공예품, 건강식품, 농수산특산물, 다기 세트, 골동품, 의류, 기타 기념품이나 기호품 등등 소장 가치가 있거나 애용할 수 있는 것들이 많이 출품되었다. 올해도 호응이 높아 바자회 수입금 1,343,000원을 8월 26일 강평 시 참가자들 앞에서 학교장이 이사장께 전달하였다.

저녁 식사 후에는 신인상 시상식과 소감 발표가 있었다. 시 부문 신인상에 박도신 시인과 평론 부문에는 임채우 시인이 수상하였다. 그리고 이어서 시 낭송과 장기자랑이 펼쳐졌는데 그중에서도 인상적이었던 것은 홍해리 이사장의 고등학교 교사 시절의 제자들이 찾아와 우쿨렐레를 연주한 것이었다. 음악치료사인 황인옥 연출로 작고 경쾌한 악기인 우쿨렐레로 아름다운 사랑의 노래들을 연주했다. 구성원은 유해인 가곡 합창 지도자, 조원경 작곡가, 허의숙 우쿨렐레 강사 등이었는데 '소리나눔 우쿨렐레 앙상블'의 진수를 보여주었다. 하와이 악기인 우쿨렐레로 들려준 연주곡은 첫 번째 「I have a dream」(영화 맘마미아 삽입곡), 두 번째 「Aloha is」, 세 번째 「별들의 밤」이었다.

서울 지역의 '구마루무지개' 낭송그룹은 나를 비롯한 10명이었는데, 홍해리 시인의 시 「길에서」와 임보 시인의 시 「내 앞에서」를 윤송으로 낭송하여 무대를 화려하게 장식하였다.

손경희 시인 이복연 시인, 장광분 시인, 최진자 낭송가, 서용재 낭송가 등이 모두 훌륭하게 장기자랑을 하였는데, 특히 여수에서 온 박주희 시인은 최형심의 「자청비」를 낭송했는데 마치 모노드라마를 보는 듯한 이색적인 느낌이었다. 포항에서 온 김봉구 시인은 팬플룻 연주의 베테랑인데 대금으로 연주해 주었다.

마지막 장기자랑은 지난 8월 4일부터 7일까지 북경에서 아시아태평양 국제하모니카대회에 출전하여 2등의 영예를 안고 돌아온 박은우 시인이다. 이번 장기자랑 사회자이기도 한 박은우 시인의 「경기병 서곡」 하모니카 연주는 장내를 감동의 도가니로 몰아넣으며 피날레를 장식하였다.

이어서 식당에서 맛난 음식과 술로 소통의 시간을 갖다가 야외 원두막으로 자리를 옮겨 색소폰 대금 팬플룻의 악기와 함께 임보 시인의 「너울너울」 낭창과 여러 사람의 시 낭송과 노래로 즐기며 자유롭게 여러 지역에서 온 문우들과 인연을 맺기도 하고 소통의 시간을 갖기도 하였다.

이튿날은 주제 '시 창작 에스키스'로 이대의 시인의 시 창작 강의가 있었다. 시 쓰기 위한 예비수업으로는 첫째 시는 쓰면서 배우는 것이다. 둘째 모방의 두 얼굴에 대하여, 셋째 상투적인 생각을 버려라. 그리고 시 쓰기 위한 실전에서는 첫째 소재 찾기와 상상하기, 둘째 시의 제목 붙이기, 셋째 시의 첫 행은 시의 안내서다. 넷째 시의 형상화는 치밀하게 재미있게, 다섯째 시의 퇴고는 많이 할수록 좋다고 했다. 많이 쓰는 자가 이기고 많이 쓰는 사람의 시가 좋아진다는 것을 강조하면서 강의를 끝냈다.

백일장 심사 결과는 장원 없는 차상으로 이순향 시인과 김혜천 시인이 수상하였다. 그리고 차하에는 홍인우 시인과 민구식 시인, 일반인 이사라 님이 뽑혔다. 모든 행사를 순조롭게 마치고 산막이옛길로 가서 해바라기 식당에서 점심 식사를 마치고 내년 여름시인학교를 기약하며 각기 자유로이 귀로에 올랐다.

　　(2018.08.26.)

피서지 만해마을

해마다 같은 날짜에 '만해축전'이 열리는 만해마을을 지난해에 이어 올해도 2박 3일 동안의 피서지로 택했다. 올해에는 '만해 출가 100주년, 광복 60년 맞이 세계평화시인대회'로 한국문인협회의 일천여 명이 한데 어울린 문인들의 큰 잔치였다. 지열이 펄펄 끓어오르는 서울을 벗어나고 백담사 입구 용대리 내린천가에 있는 만해마을에 닿으니 수려한 내설악의 공기가 신선하다. 내린천 여울의 물소리를 들을 수 있는 제일 전망 좋은 본부건물 4층에 입실했다. 평상시 원로문인들의 집필실로 이용되는 곳을 배정받은 것은 행운 중의 행운이었다.

'한국문학 심포지엄'에서 문학평론가 이어령 님은 일제 36년은 우리말 말살 정책으로 시(詩)를 시(詩)로 읽을 수 없던 시절이었다고 했다. "시(詩)란 고급 오락이며, 아는 자는 좋아하는 자만 못하고, 좋아하는 자는 즐기는 자만 못하다. 정치가가 못 해준 것, 억만금이 못 해준 것을, 문학을 좋아하고 즐기면서 이제 많은 사람에게 즐거움을 줄 수 있는 언어를 마음껏 만들자"라고 하였다.

한국문학의 좌표를 주제로 한국문학의 정신, 현대시, 현대시조, 수필문학의 기질과 흐름, 현대 아동문학 전개의 재인식에 대하여 장르별로 주제발표가 있었다. 또 광복 60년의 문학에서 민족이념의 갈등 구조에 대하여 각각 시인, 시조시인, 수필가, 소설가, 문학평론가들이 함께 열띤 토론이 있었다.

'1960년대 문학 활동을 뒤돌아보며'를 주제로 문학평론가 조동일 교수의 특별초청강연도 있었다. 조동일 교수는 서울대 불문과 3학년 때에 일어난 4·19의 주동자로 지목받으면서 그 시대의 억압에도 불구하고 기성세대는 타락했으므로 계몽하는 막대한 임무를 스스로 맡아야 한다고 믿고 으레 참여문학의 중심에 있었다고 한다. 박두진 시인은 「우리는 우리들의 깃발을 내릴 것이 아니다」라는 시를 써서 몇몇 시인들이 혁명의 희생정신을 소중하게 여기고 참여문학을 해야 한다고 하는 기운이 돌게 하였다. 이때에 나온 김수영 시인의 「어느 날 고궁을 나오면서」와 신동엽 시인의 「껍데기는 가라」를 조동일 평론가는 진지하게 비평을 하여 그 작품들이 세상 빛을 보게 하였다. 또한 「신판 광대놀이」, 「원귀 마당쇠」를 창작 공연하여 새로운 탈춤의 시초로 알려지며 참여문학의 길을 걸었던 1960년대 문학평론 시절 이야기를 회고담 형식으로 들려주었다.

조동일 교수와 막역하게 의견을 주고받았다는 김지하 시인의 담시(譚詩)라고 한 「오적(伍賊)」에 대한 이야기가 오래도록 여운이 남는다. 다섯 도적을 어떻게 이름 지을 것인지 김지하는 이미 구상해 두고 있었다고 한다. 김지하 시인은 조동일 교수에게 재벌, 국회의원, 고급공무원, 장성, 장·차관을 다섯 도적이라고 하고 모두 '犬' 자가 들어가는 흉측스러운 글자로 표기하겠다고 했었다. 그 점에 관해서는 별다른 의견을 말하지 않았는데 나중에 후회했다고 한다. 관직 이름을 들지 말고 국고도적, 세금도적, 외환도적, 국토도적, 자원도적 등을 들었으면 모진 박해를 어느 정도 누그러뜨리면서 표현 효과는 줄이지 않을 수 있었을 것이라고 했다.

첫날 만찬은 강원도지사가, 다음날 만찬은 인제군수가, 그리고 시 낭송과 수필낭송을 들으며 강원도 옥수수와 감자를 먹었다. 문학과 이웃의 만남으로 가야금산조, 반야심경, 가야금병창, 천수바라춤, 마당놀이,

뚜아에무아외 얼소리국악협회 단원들의 연주에 흠뻑 취해 즐거운 밤을 보냈다. 잠들기 전 여울진 물가 캄캄한 밤하늘에 수놓은 불꽃놀이에 내 마음을 띄워도 보면서 피날레하는 행사를 아쉬워하였다.

평소 존경하는 시인 임보 충북대교수의 축시 만해화(萬海華)를 가슴에 고이 안고 왔다.

만해화(萬海華)

임보(시인, 전 충북대 교수)

천만 성운(星雲)의 별들 중 가장 빛나는 지구

지상에서도 제일 아름다운 금수강산

산 가운데 으뜸인 백두대간의 설악

설악의 심장인 맑은 백담의 계곡에서

이 시대의 가장 거룩한 님을 기리는

성스러운 축전을 경건히 펼치노니

한때, 이 강토가 어지러웠던 시절

잠든 백의(白衣)의 푸른 혼을 일깨운 지사(志士)로

잔악한 야만(野蠻)의 멱살을 잡아 뒤흔들던 투사(鬪士)로

사찰(寺刹)의 낡은 빗장을 열어제친 유신의 선사(禪師)로

만인의 흉금을 사로잡은 사랑의 시인(詩人)으로

섬광처럼 이 땅에 오신 님, 만해(萬海)여

개울이 모여 여울을 만들고

여울이 모여 강물이 되던가?

천의 강하가 모여 바다를 이루고

일만 바다가 모여 만해(萬海)가 아니던가?

만해, 당신은 삼라만상을 다 안은 자비요

억만 중생을 기르는 무궁한 생명수로다

님이 뿌린 정기(精氣)의 씨앗은 싹이 돋고 자라

어느덧 한 그루 거목으로 굳게 뿌리를 내렸나니

이제 너울거리는 무성한 가지마다 꽃이 피어나

눈부신 광채, 신묘한 향훈(香薰)이 팔황(八荒)을 감싸도다

의기(義氣)와 자애(慈愛)의 혼이 빚어낸 만다라화(曼茶羅華),

세상을 환히 밝히는 만해화(萬海華)예!

산들은 하늘을 향해 더욱 높이 치솟고

강들은 하늘을 향해 더욱 도도히 흐르는구나

뭍에 실려가는 무량(無量)의 초목금수(草木禽獸)들도

물에 실려가는 억만(億萬)의 어하해패들도

성하(盛夏)의 눈부신 태양 아래

푸른 등들을 뒤채며 구원(久遠)의 꽃을 찬미하는 도다

(2005.08.16.)

어느새 금혼식이 눈앞에

우리 인생은 울고 왔다가 주변을 울리며 세상을 하직합니다. 이왕 세상에 태어났으면 오래 잘 살 일입니다. 인생은 사람마다 모양새가 제각각이지요. 가끔 각별히 지냈던 다섯 명의 벗들과 지냈던 추억을 되돌아보면서 너무 일찍 떠나서 이렇게 발전되고 풍요로운 세상을 함께 즐기지 못함을 애석하게 생각할 때가 많습니다. 그 다섯 명은 모두 천사 같은 성품을 지녔었는데 지금도 내 곁에 있다면 얼마나 보람차고 즐거운 시간을 많이 함께 보내고 있을까요. 오래오래 살아야 하고 싶은 일을 할 시간을 벌지 않겠어요?

성공한 노인들을 보면 강한 자가 아니라 자기 분야에 잘 적응하여 오래 살아남은 분들입니다. 그 저력은 어디에서 왔을까요? 아마도 사력을 다하여 세상을 살아왔을 것입니다. 다시 말하면 그 사력을 다한다는 것은 능력, 매력, 노력, 협력을 다 발휘하면서 건강을 유지한 것이겠지요. 자신의 타고난 능력에 최선을 다하는 노력파에 매력을 느끼니 주위에서 협력해 주는 좋은 인연도 많이 맺어 자신의 인생을 잘 가꾼 것이 아닐까요?

우리 부부는 올해 12월이면 금혼식을 맞이하게 됩니다. 50년, 반세기는 짧은 기간이 아니지요. 결혼해야 하나, 말아야 하나 하고 결정을 고민하던 때, 노총각 노처녀가 세월에 쫓기듯 연말에 결혼식을 올린 것이 엊그제 같은데 우리도 어느새 팔순 노인이 됩니다.

1970년 8월 초 유난히 비대한 몸집을 가진 남자를 처음 만났을 때

매력적인 목소리에는 마음이 끌렸지만, 과연 오래도록 나와 함께 살아갈 수가 있을까 의심했었지요. 일찍 아버지를 여읜 나는 '딸은 부모 닮는다'라는 속설과 초임 교사 시절 같은 학교 중년 남성 교사가 내 손금을 보고 50대에 과부가 될 것이라고 예언해 주던 말이 내 뒤통수를 오래도록 잡아당기고 있어 늘 불안했습니다.

아무튼 인생은 오래 살고 볼 것이라고 생각합니다. 30년 전에, 20년 전에 세상을 하직한 벗들을 안타까워하면서 이렇게 발전된 좋은 세상에서 그들이 누리지 못했던 혜택을 받으며 사는 내가 얼마나 행복한가 뒤돌아보게 합니다. '10년이면 강산도 변한다'라는 말을 여러 번 실감하고 우리 부부는 주경야독도 하면서 인생을 가꾸어 왔습니다. 그래서 지금은 '수필가입네, 시인입네' 하면서 자신의 수필집과 시집도 간직할 수가 있게 되었네요. 먼저 세상 하직한 친구들보다 오래 산 덕이지요.

남편에게 어떤 매력이 있었던지 서른 살 노총각에게 스물일곱 노처녀는 하루건너 그의 사무실 앞에서 기다리곤 했었지요. 스물다섯 번 만나는 날 약혼식을 하고 마흔 번째 만나는 날 그해 12월 26일 결혼식을 했습니다. 결혼기념일이면 해마다 축하 케이크를 사 오던 남편이 이제는 무심코 지나칠 때도 있고 달랑 차 한 봉지 사 올 때도 있었지요.

금혼식을 기대하며 지난 세월을 뒤돌아보면 우리 부부의 덕목은 신뢰가 바탕이 된 것 같습니다. 우리는 어떤 일이 있어도 이것 하나는 튼튼했다고 자부합니다. 모든 걸 서로 믿고 있으니 용케도 50년을 버티어 왔다고 생각해요. 어찌 나의 모든 것이 그의 마음에 다 들었겠어요? 나 또한 그가 마음에 들지 않을 때도 많았지요. 이리 길게 살다 보니 우린 미운 정 고운 정이 우리도 모르게 스며든 것 같습니다.

첫째 남편이 고마운 것은 '과부' 트라우마에서 벗어나게 지금까지 살아준 것입니다. 12년째 혈액 투석 중이면서도 자신의 건강관리를 잘 하고 있는 것이 고맙습니다. 둘째 제가 하고 싶은 일이면 적극적인 후원과 믿어주는 점 늘 고맙게 생각합니다. 문학기행이라고 며칠씩 집을 비우거나 여러 행사로 나들이할 때는 외식을 하는 불편이 있어도 쾌히 허락해 주어 마음으로 늘 고맙게 생각합니다.

결혼 초에 《여성중앙》이나 《여원》 등 여성 잡지와 〈육아일기〉를 사다 주던 일이 되돌아보면 사랑의 표현이었던 것을 그때는 몰랐습니다. 스웨터나 블라우스 신상품을 사 오면 나는 집에 있는 사람이라고 학교 다니는 동생에게 주었는데 그때는 그의 마음을 헤아리지 못했지요. 지금 생각해 보면 그것도 사랑이었던 것 같습니다. 우리는 시집 쪽보다 친정 쪽 집안이 번족합니다. 맏사위인 남편은 나의 고모님 숙모님과 사촌들에게도 퍽 따뜻하게 신경을 많이 써 주었지요. 그때그때 말이라도 천냥 빚을 갚을 걸 그랬어요.

100세 시대라지만 듣기 좋은 목소리였던 남편도 짱짱한 목소리를 지녔던 나도 두 다리로 걸을 수 있는 것만도 감사하게 생각하면서 조심조심 황혼 인생을 걷습니다. 이해도 절반이 지났네요. 세월의 흐름은 급류, 금혼식에 멋진 케이크를 누가 사다 줄까? 점을 쳐 보며 기대해 봅니다. (2020 한국수필작가회 대표작선집 『풍경이 흐르는 창가에서』)

(2020.06.10.)

서기만당(瑞氣滿堂) 원단방(元旦榜)

2019년 10월 한국수필가협회 항주 소흥 문학기행에 참여하고 온 이후 2년간 코로나 팬데믹으로 여행은 꿈도 못 꾸고 의기소침한 생활을 해왔다. 코로나 예방주사를 세 차례나 맞아가면서도 4인 이상 한 식탁에 앉아 식사할 수 없는 이상한 생활에서 해방되길 빌며 화선지를 펴놓고 먹물에 붓을 적셔본다.

瑞氣滿堂, 만복을 받으세요.
壬寅 2022 小晶 閔文子

2022년 정월 초하룻날이다. 동방예의지국 국민답게 너도나도 신년 휘호를 날려서 덕담을 주고받는 날이다. 마음같이 멋있게 씌어 지지가 않는다. 몇 번 연습하고 써보아도 도무지 마음에 안 든다. 그러나 정성을 다하여 썼다. 오늘 가장 먼저 해야 할 인사치레이므로 아침부터 바쁘다. 우선 핸드폰으로 문자메시지를 우리 가족과 동생들에게 보내고 다음 친지들에게 온종일 주고받느라 가슴 벅찬 하루였다.

문설주를 바라다보니 입춘 날이 되면 써 붙이던 '입춘대길 가화만사성'이 붙어 있다. 옛날에는 입춘 날마다 절에서 불공을 드리고 인쇄된 부적 같은 입춘방을 얻어다 문설주에 붙이곤 했었다. 그러다가 서예 공부를 시작하고는 서툰 글씨라도 정성을 모아 하얀 화선지에 '立春大吉 建陽多經'이라고 쓴 입춘방(立春榜)을 문설주마다 붙였다. 또 그러다가 몇 년 전부터 '한글로 풀어 쓰지' 싶어서 '입춘대길 가화만사성'으로 써 붙였다. 나의 정성이 하늘에 닿았는지 십삼 년이나 신장 투석하는 가장이 온갖 병이 침노해도 잘 회복하여 그런대로 건강을 잘 유지해서 감사하다고 생각하면서 산다.

호랑이해 2022년 새해 오늘은 '瑞氣滿堂 만복을 받으세요'라고 신년 휘호를 써서 카톡방 친지들에게 날리고 보니 입춘방(立春榜)도 이 글귀가 좋겠다는 생각이 들었다. 그래서 입춘 날을 기다릴 것도 없이 '瑞氣滿堂'이라고 넉 장을 써서 거실과 방과 현관 문설주에 미리 붙였다.

'입춘방(立春榜)'이 아니고 '원단방(元旦榜)'이라고나 할까?

코로나에 찌든 마음이 얼른 봄이 오기를 기다리면서 나쁜 기운은 다 사라지고 미리 만복이 들어오는 상서로운 기운을 불러들이도록 손끝이 저절로 움직인 것이다. 혹자는 21세기에 무슨 원시적인 생각이냐고 할는지 모르겠다. 그러나 '지성이면 하늘도 감동한다'라는 말이 있지 않은가.

어릴 때 시골에서 농부의 맏딸로 태어나 어머님의 심부름을 많이 하면서 자랐다. 그래서 알게 모르게 생활 이모저모에 어머니가 하시던 풍습을 고스란히 물려받은 것 같기도 하다.

해마다 추수가 끝나면 가을 떡을 하면서 정성을 다하시던 모습을 떠올리며 해마다 한여름에 고사떡을 해 먹는다. 결혼해서 여러 번 이사할 때마다 고사떡은 빠지지 않고 했었다.

이제 이곳으로 이사 온 지도 20년이나 되었다. 서울 변두리지만 사철 변화하는 계절 풍경을 만끽할 수 있어서 이 집에서 세상 끝까지 가고 싶은 욕심이 있다. 그래서 이 집에 살면서 한 해도 빠지지 않고 한여름 정오에 거실에서 촛불을 켜놓고 두 손을 모아 고사를 지내며 이 집

으로 이사 오던 날을 잊지 않고 이십 년간 해마다 떡을 해 먹으며 경비
실과 이웃에 떡을 돌리고 있다.

빨리 마스크 벗고 사는 세상으로 돌려주세요.
올해는 제발 우리 집 노총각 예쁜 색시 맞이하게 해주세요.
십삼 년간 신장 투석을 하는 가장, 건강 유지 잘하게 해주세요.
올해도 넉넉한 마음으로 이웃과 나눌 힘을 주소서.

라틴어에 이런 말이 있다. 'Do ut Des(도 우트 데스; 네가 주니까 내가 준
다.)' 여러 가지 채소와 과일과 심지어 삼계탕용 닭 한 마리까지 선물로
들어왔다. 시골 인심처럼 푸근하다. 어쩌다 시장에서 무거운 보따리를
들고 오는 것을 보면 경비원이 얼른 받아 엘리베이터 앞까지 들어다 주
는 것이다.

우리 동네에는 탈북 학생들이 온갖 어려움을 이겨가며 공부하는 '남
북사랑학교'가 있다. 나는 3회 졸업식 때부터 졸업생들에게 내 작은 마
음을 보냈다. 지난해에는 '한국현대시인협회'에서 받은 상금으로 보냈
다. 올해도 2월이면 제5회 졸업식이라는 알림장이 올 것이다. 지난 세
모에 결혼기념일이라고 가장인 문촌이 용돈을 모아 넘겨준 것을 남북
사랑학교 졸업식을 생각하면서 급히 쓸 일이 없기를 바라면서 잘 간직
하고 있다. 'Do ut Des'

瑞氣滿堂 만복을 받으세요.
壬寅 2022 1. 1. 小晶 閔文子

또 하나의 수료식

인간은 모두 태어나 근원으로 돌아가는 속성이 있다고 한다. 그래서일까? 지난해 조선일보를 보다가 인문학 포럼 강좌 광고를 보고 한참 고민했다. 팔순을 눈앞에 두고 있는 사람, 시간과 비용을 상당히 투자해야 했기 때문이다. 그리고 결단을 내렸다. 나중에 후회하지 않기 위해서 거금의 입학금을 지불했다. 국내의 내로라하는 다방면적으로 석학들을 만나볼 유일한 기회였기 때문이다.

인문학, '높은 데 올라가 넓게 보는 힘을 기른다' 얼마나 멋진 말인가. 2021년 6월 30일 인터콘티넨털 호텔에서 35명의 원우들과 입학식을 하고 오리엔테이션을 받았다. 최연소자는 40세 여성이고 내가 최고령자라니 이 분위기에 걸맞게 품위를 잃지 않아야겠다. 코로나 방역 문제로 매주 수요일 잡혀 있던 강좌가 정부 시책에 따라 변동되어 애초 계획보다 많이 늦은 2022년 1월 26일에야 수료식을 하게 되었다.

서구 문명의 탄생부터 서양미술사, 간단한 라틴어, 슈베르트의 음악, 최명길에 대한 바른 이해와 역사에서 배우는 리더십, 말하기 듣기의 어려움, 인공지능과 메타버스, 이백과 두보의 시조, 예술품에 대한 안목, 명치유신과 풍신수길, 중국요리까지 그 외 다양한 주제를 흥미롭게 공부했다.

수료증을 받고 수료식이 끝난 후 각자 자기 소개를 했는데 원우들도 둘째가라면 서러울 정도로 자기 분야에서 톱클래스에 있는 분이 여러분 계셨다. 원우회가 조직되고 원우수첩까지 받았다. 15강좌 개근상 수

상자가 8명인데 나도 그중 한 사람으로 고급 와인 1병을 받았다. 기분 좋게 수료식을 마치고 나오는데 푸짐한 풍림푸드 선물이 또 기다린다. 원우의 선물이다. 비싼 15강좌를 공부했으니 15년은 너끈히 살아낼 것 같다.

온고지신(溫故知新)

세상이 빠르게 변하고 있다. 아니, 사람들 마음이 옛사람들과 같지 않다. 특히 관혼상제에 대하여는 옛사람들과 현대인들의 사고방식은 천양지차라고 생각한다. 나는 우리나라의 암흑기였던 일제강점기 말에 태어나 6·25전쟁을 어린 나이에 겪고 고교 시절에 4·19와 5·16을 거쳐 이제 IT 강국으로 세계 10대 경제 대국민으로 내년이면 팔순을 맞이한다. 험난한 조국의 발전과정에서 그래도 낙오되지 않고 영광스러운 대한민국의 국민으로서 지하철 무료 승차, 건강보험에 많은 혜택을 받는 노후생활을 맞이한 자신이 대견하기도 하다.

여름이면 시댁이나 친정에 애경사가 함께 몰려 있어 마음이 분주하다. 그동안 숙부님 제사와 아버님 제사, 할머님 제사, 시어머님 제사, 어머님 생신과 육촌 오라버님과 두 아들과 나의 생일이 있어 최선을 다하여 참여하여 동고동락을 나누었다. 이제 부모님 세대가 완전히 물러가고 나니 올해부터 제사를 모시는 동생들 의견이 간소화하자는 이야기로 결론이 났다. 나야 출가외인이니 따를 수밖에 없어 반세기 가까이 빠지지 않고 참석하던 숙부님 제사에도 올해 마지막으로 참석할 수밖에 없었다. 그러더니 아버님 제사에 해마다 참석하던 사촌들이 아무도 오지 않았다.

음력 6월 15일은 시어머님 기일이다. 이제 맏동서인 형님도 팔순이 넘은 신장 투석 환자이고 제사 모시는 며느리도 직장생활을 하니 시아주버님이 미리 일요일에 성묘하는 것으로 하자고 제안하셨다. '시속을 따르라'는 옛 격언처럼 그대로 따를 수밖에 도리가 없었다.

선조들은 관혼상제가 있으면 가까운 혈족끼리는 물심양면으로 도움을 주고받으면서 자기 일처럼 최선을 다하였다. 특별한 일이 아니면 꼭 참석하는 것이 일반적인 상식이었다. 이제는 바쁜 세상이라고 결혼축하금이나 부의금도 은행 계좌를 알려오는 초대장과 카톡 문자메시지를 받는 세상이 되었다. 이러한 상황이 처음에는 황당하게 생각되었는데 이제는 보편화된 문화로 자리 잡은 것이다. 가끔은 가까운 혈족에게도 결혼식 초대장도 안 보내는 세상이 되었다.

어제는 다음 주 휴일에 결혼할 외사촌 딸의 초대장을 기다리다 못해 전화로 재촉하니 멀리 부산에서 양가 부모만 참석하는 스몰웨딩 결혼식을 하기로 해서 초대장을 보낼 수가 없었단다. 겨우 계좌번호를 알아내어 축의금을 송금하고 나의 형제들에게도 알려주어 자칫 비례가 될 뻔한 일을 예방하기도 했다. 나는 옛 관습에 젖은 탓인지 가능하면 현장에 참석해서 희로애락을 함께 나누려는 마음을 견지하고 있다. 지난 주에는 안양 결혼식장, 다음 주에는 부평 결혼식장에 가서 오랫동안 적조하던 얼굴 만나보는 기쁨도 누리면서 생활하자는 생각이다.

해마다 7월 9일은 우리 집 떡 해 먹는 날이다. 이 아파트로 이사 온 지 20년이 되었다. 한 번도 빠지지 않고 오시(吾時)에 풍성한 여름 과일인 수박 참외 토마토와 떡시루 양 귀에 통북어 꽂아놓고 삼겹살 돈육, 쌀 한 사발, 막걸리 한 사발, 물 한 사발에 촛불과 향을 피워 올리며 터줏대감에게 이 자리에서 저세상 가는 날까지 행복하게 살게 해달라고 올해도 기도했다. 이것은 자랄 때 어머니께서 늦가을이면 고사떡을 해서 이웃과 나누어 먹을 때 심부름하던 그 추억이 나의 몸에 배어 있기 때문이다. 떡 접시를 아파트 경비원과 평소 다정히 소통하며 지내는 교장 선생님 댁 등 이웃과 나누어 먹는 재미가 쏠쏠하다. 번거로운 것을 싫어하는 신세대는 떡도 우리 실버 세대만큼 좋아하지 않는다. 일상생활에서도 당연시되던 옛 풍습이 많이 사라져 이제는 인터넷 백과사전에서나 만나볼 수 있을 것이다.

(2022.07.14.)

후반기 인생은 보람 찾기

인간이 세상을 살아가는 데 가장 중요한 것은 사랑이다. 우리는 태어나면서부터 부모뿐만 아니라 알게 모르게 남의 사랑과 도움을 많이 받으며 살아왔다. 생존 문제에서 도움을 주고받는 것은 모두 사랑하는 마음이 있기 때문이다. 어떤 사람은 부모 잘 만나 좋은 환경에서 많은 혜택을 받고 성장해서 성공한 인물이 되기도 하지만 어떤 사람은 그렇지 못하여 불행한 인생이 되기도 한다. 그러나 가끔은 주위의 훈훈한 인심에 힘입어 어려움을 극복하고 잘 사는 모습을 보이기도 한다. 이것은 바로 사랑의 힘 때문이다. 어려서부터 사랑을 많이 받은 사람이 사랑을 베풀 줄도 안다.

나는 다행히도 사랑을 많이 받은 사람이다. 참으로 바쁘게 살아온 우리는 젊어서는 자녀를 낳아 기르며 생업에 종사하느라 자신을 위한 마음의 여유가 없었다. 이제 후반기 인생에서는 자기만족을 위한 인생이어야 하겠다. 내 인생을 뒤돌아보니 나는 참으로 행운아였다. 가난한 농부의 딸로 태어나 중학교 2학년 때 일찍 아버지를 여의고 고등학교 진학도 어려운 환경일 때 물심양면으로 주위의 도움으로 대학까지 진학했으니 이 모두 주위 분들의 사랑의 힘이 있었기 때문이었다.

준비하는 자에게 기회가 온다는 말이 있지, 늘 자신을 위해서 공부하는 마음으로 살다 보면 언젠가는 자신이 하고자 하는 일을 성취할 수 있는 기회가 온다. 자녀들이 성장하여 결혼하여 떠나고 난 후반기 인생에 들어서면 자신을 위한 여유 있는 시간이 있다. 이 여유로운 시간을 나를 위하여 투자하기로 했다. 우선은 늘 주눅이 들어 있는 자신을 남 앞에서 당당한 자세로 대화할 수 있는 능력을 키우려 한국언어문화원을 찾아가 많은 시간과 비용을 투자했었지, 그곳에서 수필의 매력을 발견하고 존경하는 스승 김병권 수필가를 만났고 일 년 후에는 천의무봉의 시인이라 일컬어지던 고정공채 시인을 찾아가 시의 매력에 빠지고 그분의 제자가 되었고 두 번째 시 스승으로는 2007년에 만난 임보 시인을 모시고 있다.

그리고 어느 문학 행사에서 천상의 목소리로 시 낭송하는 장충열 시인을 만나고는 나보다 한참이나 젊은 그녀를 스승으로 모셨다. 또 문인화가 창남 선생님과 곽자애 선생님, 서예가 해청 선생님, 김재봉 서예가와 문영희 서예가를 만나고 시서화의 매력에 푹 빠져서 많은 시간과 비용을 투자하게 되었다.

십여 년 전 마침내 나는 배운 바를 후배들에게 전할 기회를 얻어 문학의 집·구로에서 '스피치와 시 낭송' 강의를 2년간 102강을 성실히 하고 큰 보람을 얻었다. 그 후 구로예술극장에서 매달 '시 사랑 노래 사랑'에 참가하여 시 낭송하는 후배들을 인선하여 무대에 오르게 하는 일을 하고 있다. 이 일은 내가 하는 일 가운데 보람 중의 보람이다. 또한 끊이지 않고 시서화를 공부하면서 살다 보니 해마다 열리는 '구로시화전'에 직접 그려 출품도 하고 동양서예협회 초대작가와 이사로 봉사하고 있으니 이 또한 보람 있는 일이다.

내 인생의 가장 보람 있는 일은 매달 실시되는 시인협회 문학기행에 십여 명의 후배들을 인솔하고 참여하는 일이다. 내가 소속해 있는 단체에서 좋은 행사가 있을 때 후배들에게 '함께 참여하지 않겠는가?' 하고 권유하면 꿀 발라놓은 줄 알고 십여 명이 내게로 모여든다는 후배의 말처럼 이렇게 따라주어 고맙고 든든하다. 나는 내가 좋으면 남도 좋아하는 줄 알고 초대받은 행사에 후배들을 적극적으로 이끈다. 지난달 여름 시인학교 행사에 참가한 140여 명 중 18명의 후배들이 참가한 가운데 시 낭송과 즉석 시 쓰기 대회에 10명이 출전하여 4명이 수상하고 크게 기뻐했으니 이 또한 보람 아닌가.

후반기 인생에서 내가 하는 일 한 가지는 국경일에 태극기 게양하기 홍보하는 일이다. 우리 국민들 애국심이 옛날만 못한 것 같아 안타깝다. 그래서 지난해부터 다가오는 국경일 임박해서 태극기 10본씩 구입하여 아파트 경비실 앞에 놓고 필요한 사람이 가져가게 했다. 내가 공여한 것만 해도 태극기가 60본이나 되는데 8·15 광복절에 209세대 중 19세대만 게양했다. 이런 국민성을 어찌 계도해야 할까? 그래도 이번 개천절을 위해서 나는 또 태극기를 주문하련다. 그래서 국경일마다 우리 아파트 주민 전체가 빠짐없이 태극기를 게양하면 나는 참 보람스럽겠다.

해마다 새봄 2월이면 나는 남북사랑학교 졸업식에 참여하는 일을 큰 보람으로 생각한다. 우리 동네 가까운 곳에 남북사랑학교가 있다. 탈북학생과 탈북과정에서 북한 여성과 중국인 사이에서 태어난 학생들을 위한 대안학교이다. 강제와 구속이 심한 북한 생활을 벗어나 만난을 무릅쓰고 자유를 찾아왔건만 대한민국에 정착하려니 낯설고 다른 문화에 얼마나 힘들겠나? 안타깝기만 하다.

그래서 2020년부터 이 남북사랑학교 졸업식에 참석하였다. 첫해에 졸업생 12명에게 5만 원씩 60만 원을, 2021년에는 '한국현대시 작품상'

을 받은 전액 100만 원을 10명에게, 2022년도 올해 졸업생 전원 10명에게 생활비를 아껴 모은 100만 원을 나의 신작시집과 함께 제공하였다. 대학 진학과 사회로 나가는 첫 발걸음에 희망의 씨앗이 되게 하고 싶었다. 해마다 남북사랑학교 졸업식에 계속 참석하고자 하는 일은 언제까지가 될지 모르지만 내 마음의 약속이며 또 하나의 보람이다. 열악한 환경에서 공부하는 이들에게 사랑하는 마음이 여기저기에서 많이 일어나서 후반기 인생은 누구나 보람 있고 행복하면 좋겠다. 행복은 멀리 있는 것이 아니고 자기 인생에서 보람을 느낄 때 다가온다고 생각한다.

(2022.09.27.)

황혼이 아름다운 이유

'인생 칠십 고래희(人生 七十 古來稀)'라는 말을 이제 어떤 말로 바꾸어야 적당한 말이 될까. 며칠 전에 고희를 맞은 내가 '아직 젊다'는 생각은 나만의 착각일까? 칠순이 되면 손자나 돌봐주며 구부정한 허리를 지팡이에 의지하고 겨우 문밖출입이나 하던 할머니 할아버지 시대의 어려웠던 삶을 뒤돌아보면 현대를 사는 우리는 얼마나 행복한가. 식량이 부족하여 '분식 장려' 캠페인을 열던 시대, 절량미 항아리를 집집이 부뚜막에 두고 쌀 씻기 전에 한 숟가락씩 떠 모아 굶는 이웃에게 보내던 때를 생각해 보라. 고깃국에 하얀 쌀밥을 실컷 먹을 수 있고 깁지 않은 옷, 구멍 난 양말 신지 않아도 되는 물질 풍부한 이 시대, 이 사회에 살고 있으니 이 아니 행복인가.

나는 나라를 잃고 가난한 시대에 인간의 형태라고는 할 수 없을 만큼 모자라게 태어났다. 일제 막바지에 시어머니도 없는 가난한 농부에게 시집온 어머니는, 시누이를 시집보내기 위해서 임신한 상태에서 열 달 동안 베틀에 앉아 베를 짜야만 했다. 산모는 기형아를 면한 아기를 겨우 낳았지만 먹는 것이 부실해서 젖이 잘 나오지 않았다. 그래서 나는 심청이처럼 할아버지와 고모가 안고 다니며 아기가 있는 집 여인에게 사정해서 얻어 먹인 젖동냥으로 자랐다. 간난신고 끝에 자라면서 밤마다 다리가 아파 얼마나 고통을 많이 겪었던가. 그런 연유로 허약한 체질을 안타깝게 여기시고, 아직도 어머니는 고향의 추수가 끝나면 다른 동생들에 우선하여 해마다 쌀 한 가마니씩을 보내주신다. 이 나이에 구순 노모의 아린 사랑을 받고 있으니 내 가슴이 짠하다.

어미돼지가 새끼를 여러 마리 낳으면 무녀리는 찌어리 중의 찌어리가 되어 보는 이의 애간장을 태운다. 바로 내가 이런 관심의 대상이 되어 마을 사람들에게도 동정 어린 사랑을 많이 받고 자랐다. 별명이 백여우 불여우로 불리던 건강한 꾀쟁이 동무들 꽁무니를 허덕허덕하며 따라다니기가 무척 힘겨웠다. 백여우라고 불리던 벗은 환갑도 못 지내고 벌써 저세상 사람이 된 지 십 년이나 흘렀다. 이렇게 어린 시절 못나디못난 무녀리, 지진아는 언제나 어깨가 축 처져서 기죽은 모습에 퍽 내성적이었다. 그래도 공부하는 열정만큼은 남달라 문학작품을 어려서부터 좋아하고 적은 돈이라도 돈만 있으면 책사기를 즐겼다.

여고 일 학년 때, 뒷자리에 앉았던 부잣집 친구는 오빠가 고려대학교 대학생이라며 한국문학전집을 자주 학교에 가져왔다. 그때 신간이던 그 책은 「무정」, 「사랑」, 「흙」, 「순애보」, 「상록수」 등이 실려 있었다.

"얘, 때 묻히지 말고 읽어!"

열일곱 여학생 때, 문학 작품 읽는 재미에 푹 빠져 그 구박을 받으면서도, 가슴 설레며 빌려 읽던 앙금이 뒤늦게 문학에의 열정으로 꽃이 필 줄이야! 그때는 어이 짐작했으랴.

가장의 사업이 번창했으면 지금쯤 호화저택에서 대중이 부러워하는 삶을 살고 있을지도 모른다. 불행 중 다행으로 사업 실패는 우리 부부가 문학에 열중하게 만들었다. 우연히 존경하는 스승들을 만나고 스피치와 수필과 시와 시 낭송, 서화를 공부하게 되었다. 또 하고 싶던 국문학 공부를 늦게나마 제대로 한 것은 내 인생의 로드맵이 그렇게 그려져 있었는지 모른다는 생각이 들었다. 나는 뒤늦게 세상과 부딪치면서 점점 용감해졌다. 그 비리비리하게 허약하던 내가 문화예술 부문에 이끌려 씩씩하게 활보하는 모습으로 변한 것을 생각하면 여간 자랑스러운 것이 아니다.

존경하는 작가들의 특강이 있으면 어디나 찾아가서 듣고 메모하고 다시 그 문학정신을 정리해보는 즐거운 시간을 갖는 것이 취미가 되었다. 여러 형태로 열리는 문학 행사에 관심 끄는 곳은 원근을 가리지 않고 달려갔다. 2005년부터는 실버시대 실버들을 위한 실버넷뉴스 기자로 입문해서 문화예술관장을 역임하는 보람도 누렸다.

젊은 날, 서울대에 가서 공부해보는 것이 꿈이 된 날이 있었다. 지난해에는 드디어 그 꿈을 이루었다. 서울-구로구 지도자 아카데미 과정을 수료하고 서울대-구로구 협력프로그램인 평생교육강사 인큐베이팅 과정도 수료했다. 이런 기회는 고목이 된 나에게 예쁜 꽃송이를 달아주는 계기가 되었다. 젊은이들과 함께 정기적으로 동아리 모임에서 강의를 연구하고 연습하는 행복한 시간을 계속하고 있다. 마침내 서울시 뉴딜일자리 평생교육강사 모집 공고가 나 신청했더니 선정되었다.

지난 7월 1일부터는 문학의 집·구로와 화원데이케어센터에서 스피치와 시 낭송을 주제로 강의를 하고 있다. 지진아 무녀리에게 뒤늦게 꽃을 피우는 기회가 오다니, 이 얼마나 큰 보람인가. 나보다 젊고 예쁜 문학애호가들의 아름다운 시선 세례를 받으며 긴장된 시간을 내가 즐길 수 있을 줄이야!

몇 년 전부터 매달 '시 사랑 노래 사랑'에서 여는 구로아트벨리 소극장 무대에 서서 시 낭송하는 것은 긴장된 행복의 시간이다. 지난주에는 '시 사랑 노래 사랑'에서 시인 작곡가 성악가들의 가곡여행에 참여해 시 낭송을 하고 대단한 환호를 받았다. 예술인들과 어울려 격조 높은 가곡을 함께 듣고 즐길 수 있는 기회가 나에게 주어져 있음이 얼마나 큰 기쁨인가. 나의 시도 언젠가 날개를 달고 춤출 날을 꿈꾸어 본다.

황혼이 아름다운 이유는 이렇게 내가 하고 싶은 대로 자유를 흠뻑 누리기 때문이 아닐까? 내 생애 중 가장 행복한 때, 지금이 바로 그때다. (2013 한국수필작가회 대표작선집 『실밥연가』)

(2013.12.04.)

3부

꿈

꿈은 나이를 먹지 않는다

4월도 중순인데 여의도 윤중제(輪中堤)의 벚나무는 아직 꽃망울을 터뜨리지 못하고 있다. 예년 같았으면 지금쯤 하얀 꽃비를 맞기 위해 남산으로 여의도로 몰려드는 사람들이 많았을 텐데, 을씨년스러운 날씨는 춘래불사춘(春來不似春)이라는 고사만 연상시키고 있다. 하지만 꽃샘추위 속에서도 개나리 진달래는 때를 어기지 않으려고 안간힘을 쓰고 봄의 여왕 목련꽃도 여기저기서 하얀 꽃술을 벙글리고 있다. 꽃샘추위가 아무리 심술을 부려도 계절이 펼쳐놓을 꽃의 향연은 막지 못하는 것 같다. 우리가 희망의 봄을 기다리는 것도 계절의 운행에 대한 확실한 믿음이 있기 때문이리라.

얼마 전에 처음 만난 초로의 여인을 보면서 동병상련(同病相憐)의 깊은 감회를 느낀 적이 있다. 그녀는 우리나라 남쪽 끝 바닷가 도시에 살면서 이른 새벽부터 야채시장에 나가 야채도매업을 하는 당찬 여인이었다. 나는 그녀를 처음 만난 날 고속버스터미널까지 나가 안내해 준 일이 있다. 그다음 주에 만났더니 귀한 두릅이며 자연산 표고와 애호박을 안겨주며 고맙다고 답례를 하는 것이었다. 그녀는 젊었을 때 학원을 경영했던 지성적인 여성이었는데 경영에 실패하고 생활고 때문에 손쉬운 야채장사를 시작하였단다. 갖은 고난을 겪으며 오랫동안 신용을 쌓아 지금은 자녀도 모두 성가시키고 새벽 도매업에만 열중하고 있단다. 그래서 가끔 망중한(忙中閑)을 즐기면서 문필(文筆) 생활을 꿈꾸고 있다는 것이었다. 시와 수필을 쓰면서 예술에의 꿈에 취해 있을 때 어느 홀

룽한 문인한테서 문인화 한 점을 선물 받았다고 한다.

그 그림을 바라보며 그렇게 훌륭한 작품을 그려낸 화가를 만나 직접 그림지도를 받고 싶은 충동에 사로잡혀 몇 달을 보냈단다. 채소 장수가 그림 공부 한다는 것이 어쩐지 주위 사람들로부터 비웃음을 살 것만 같아 용기가 나지 않았으나 잠재되었던 욕망은 끝내 그녀로 하여금 서울행 버스를 타게 하였다. 서울과 그곳은 너무나 거리가 멀었다. 그리고 그렇게 훌륭한 선생님은 수강료도 대단할 것 같은 생각에 마음이 움츠러들기만 하였다. 혼자 고민고민하다가 친한 친구와 맏아들과 의논하였다. 나이 많은 여인을 제자로 받아줄 것 같지도 않다고 하니 친구와 아들이 용기를 보태주었단다. 일단 상경하여 화가 선생님께 간곡히 매달려보라는 것이었다.

그래서 아들이 어림짐작으로 일러준 수강료를 마련하고, 손수 만든 갓김치와 파김치를 챙겨 들고 서울행 우등버스를 타게 되었다. 선생님과는 전화로 약속하고 서울에 도착하니, 황송하게도 선생님이 손수 운전하는 차로 마중을 나와 주셨다. 그렇게 마음으로 존경해온 선생님과의 첫 대면은 안도의 한숨을 쉴 수 있도록 편안하고 소탈하게 대해주셨다. 그간의 모든 걱정은 한낱 기우에 지나지 않았다는 것을 깨닫는 데 그리 오래 걸리지 않았다. 수필가이며 소설가인 사모님도 부군과 합심하여 후진양성에 온 정성을 다 쏟고 있음을 보고 적이 안심되었단다. 흔쾌히 제자로 받아주시는 노부부는 어렵게 수강료 문제를 여쭙자 정말로 그동안의 걱정이 무색하게 말씀하셨다. 거기다가 점심상 저녁상까지 정성껏 마련해 주시는 데는 뭐라 할 말이 없었다고 한다. 이렇게 일주일에 하루는 만사 제치고 서울에 와서 훌륭한 선생님을 모시고 공부하게 되어 행복하다고 하는 그녀를 통해 오히려 나 자신이 뜨거운 감동을 하게 되었다.

두 번째로 만난 날도 아직 서울 지리에 어두운 그녀의 귀로를 돕느라 고속버스터미널까지 동행하였다. 저녁 식사까지 들고 가게 하신 선생님 내외분의 정성에 감복하면서 서둘러 작별 인사를 올렸다. 저녁 7시 버스에 숨을 헐떡거리며 겨우 시간을 맞추었다. 나는 집에 도착해서 선생님 댁에 그녀가 시간 맞추어 버스를 잘 탔다고 알려 드렸다. 그런데 한 시간도 채 안 되어 선생님 댁 사모님으로부터 전화가 왔다.

"이것이 무슨 일입니까. 나는 우리 집 문턱에 발 들여 놓는 한 분 한 분에게 축복의 기도를 매일 드리고 있는데 우리 집에 오신 그 손님께 이 무슨 날벼락입니까? 아, 글쎄 오 선생님이 카드, 증명서와 함께 돈이 가득 든 지갑을 차표 끊을 때 잃어버렸다지 뭡니까, 그 어렵게 번 돈을 어떻게 하면 좋습니까?"

나는 할 말을 잊었다. 그렇게 우등고속버스로 다섯 시간이나 걸리는 머나먼 곳에서 오랜 염원을 펼치게 되었다고 좋아하던 그녀의 꿈이 사그라질까 걱정이 되었다. 이리저리 심란한 마음을 어쩌지 못하고 뒤척일 때 또 사모님의 전화가 왔다.

"선생님, 돈 지갑 찾았대요. 표 파는 곳 아가씨가 잘 보관하고 있답니다."

얼마나 다행한 일인지요. 답답한 가슴이 쫙 펴지는 듯했다. 나중에 버스회사에서 다음 버스로 곧바로 돈지갑을 보내주어 그날로 찾을 수 있었다는 이야기를 듣고 '우리나라 좋은 나라, 선진국이야! 살기 좋은 나라가 되었어!' 하는 생각이 들었다.

육십 대 후반인 그녀는, 매주 화요일마다 부푼 꿈을 안고 왕복 열 시간이나 걸리는 버스를 타고 서울을 왕래하고 있다. 평생 간직해 온 예술가의 꿈은 나이를 먹지 않고 아직도 싱그럽기만 하다. 이렇듯 온 심혈을 기울여 작품 활동에 임하는 그녀에게 예술을 향한 오롯한 꿈이 활짝 피어나기를 기대해 마지않는다. (《한국수필》 2010년 6월호)

여행의 즐거움

인간은 자기를 표현하려는 욕구와 더불어 미지의 세계에 대한 호기심으로 여행하고 싶어 안달한다. 그러나 여행이 어디 그리 만만하던가. 여행하고 싶은 마음만 앞선다고 되는 일이 아니다. 여행은 이 걱정 저 걱정 다 접어두고 떠날 수 있는 용기가 있어야 한다. 그리고 비용과 건강 상태와 가족의 배려가 모두 조화로워야 가능하다.

혼자 하는 여행을 즐기는 특별한 여행가가 있는가 하면 보통 사람들은 친구나 지인과 함께 여행한다. 긴 여행은 보통 그룹 여행이다. 기회가 왔을 때 빠른 선택을 할 수 있어야 여행을 많이 즐길 수 있다. 외국 여행은 더욱 그렇다. 한 번도 가보지 못한 곳에 간다는 그 설렘과 흥분은 초등학교 시절 소풍 가기 전날, 밤잠을 못 이루던 기억과 흡사하다.

과거에는 세상 사람들이 미개발된 세상과 이념 때문에 불통의 세계에서 사느라 자기가 사는 땅 울타리에서만 살았다면, 과학의 발달과 열린 세상이 되어 지금은 지구 구석구석을 여행할 수가 있다. 과거 죽의 장막이니 철의 장막이니 하던 시절을 상기해 보자. 어디 우리가 중국이나 러시아 땅을 밟아볼 수나 있었는가.

우리 국민이 북한만 빼놓고는 북극과 남극까지도 마음대로 여행할 수가 있지 않은가. 세상 좋아져서, 조국이 자주 독립국으로 부자나라가 되어서, 세계 여러 나라를 여행하는 중에 내 나라가 다른 나라를 돕고 있는 현실과 우리 기술이 이룩한 상품과 광고를 보면서 뿌듯한 자부심을 느낀다.

조국의 위상이 자랑스러우니 나도 자랑스럽다. 삶을 살아가는데 어떤 태도로 사느냐 하는 것이 얼마나 중요한가. 조국의 일원으로 부끄럽지 않은 국민이 되려는 마음이 스미게 된다. 등잔 밑이 어둡다 하지 않던가. 밖에서 보면 우리 자신의 전체도 잘 드러나 보인다. 인천국제공항 출입국장부터 우리는 이제 세계 제일이다. 어느 나라 공항보다도 세련되고 깨끗하다. 출입국 절차도 빠르다.

1994년 너른 벌판과 자작나무숲 위 시베리아 상공을 날아서 러시아 모스크바와 상트페테르부르크를 여행한 일이 있다. 러시아는 지구 전체 땅 면적의 1/8을 차지하고 있어 세계에서 가장 큰 나라다. 시베리아에서 대문호 도스토옙스키가 『죄와 벌』의 주인공처럼 자신도 10년간 유형 생활했다고 해서 시베리아 열차에 대한 궁금증을 늘 안고 있었다. 모스크바에서 블라디보스토크까지 운행하는 시베리아 열차는 9,288km 85개 역 6박 7일이 걸린단다. 짧지만 하바롭스크에서 블라디보스토크까지 시베리아 열차를 타볼 기회가 왔다.

이번에는 러시아의 극동지방 5박 6일 여행이다. 기대감에 가슴이 부풀었다. 오랫동안 함께한 일행과의 자유여행이다. 인천공항에서 러시아 오로라 항공기로 하바롭스크까지 2시간 20분, 블라디보스토크에서 인천공항까지 1시간 20분밖에 안 걸리고 하바롭스크 기차역에서 저녁 8시 시베리아 침대열차를 타고 한잠 자고 나니 이튿날 아침 8시에 블라디보스토크 기차역에 도착해 있는 것이다. 시베리아 열차를 12시간은 타볼 수 있었다.

겨울은 영하 40도를 오르내리는 동토 시베리아의 하바롭스크와 블라디보스토크, 거슬러 올라가면 고구려와 발해 유민의 숨결이 스몄던

곳이다. 가지각색 인종으로 서양 문화의 꽃을 극동에 피운 하바롭스크와 블라디보스토크는 자본주의 물결이 자유로워 보였다. 러시아 특유의 고풍스러운 건축양식의 건물들과 번쩍번쩍 빛나는 러시아정교회들, 거리에는 금발의 젊은 미남 미녀와 예쁜 아가들의 모습이 싱그럽게 보였다. 마트료시카 러시아 인형이 가는 곳마다 눈길을 끌고 거리의 악사가 연주하는가 하면 라비요아무르스키 동상, 푸시킨 동상, 레닌 동상, 혁명 일꾼 동상과 박물관, 러시아정교회에서 이 땅의 역사를 읽었다.

하바롭스크는 부자들만 산다는 최고급 리치빌이 우리나라 계룡건설 작품이라니 빛나는 우리 기술을 뽐내고 서 있어 기뻤다. 2002년부터 하바롭스크와 부천시가 자매결연 맺은 기념비와 심장병 무료 수술 사업을 이어오고 있는 박영관 세종병원 원장의 하바롭스크 명예시민 사진도 발견했다. 엄혹한 일제 치하에서 찾은 새 삶터로 애국지사 거점지역으로 독립운동을 싹틔웠던 곳이다. 1937년 스탈린의 강제 이주 명령으로 쫓겨서 우리 동포 18만 명이 시베리아 횡단 열차에 탑승하고 중앙아시아로 떠난 곳이다.

블라디보스토크 외곽의 신한촌은 대일항전과 독립운동의 구심점 역할을 했던 근거지로 지금도 많은 교포가 살고 있다고 하는데, 1999년 한국 사단법인 해외 한민족연구소에서 세운 신한촌 기념비가 쓸쓸히 지키고 있음을 보았다. 블라디보스토크는 2012년 루스키섬의 극동연방대학교에서 아시아 경제포럼인 APEC 정상회담을 개최한 이후 여러 나라가 몰려들고 있어 국제도시로 새로운 교역과 관광지로 급부상하고 있다.

가깝지만 아주 오랫동안 우리에게 닫혔던 땅이다. 4월 27일 남북한 정상회담에서 좋은 성과를 얻으면 부산과 서울에서 기차를 타고 러시아 블라디보스토크를 거처 유럽으로 여행할 수 있는 날이 머지않아 오지 않을까, 그렇게만 된다면 얼마나 편리하고 경제적일까? (《한국수필》 2018년 6월호)

선진 국민이 됩시다

2018 평창동계올림픽 대회가 열린 우리나라는 세계인의 시선을 집중시키고 대한민국을 널리 알리는 계기가 되었습니다. 반세기 전만 하더라도 약소국가였던 우리는 1988 하계올림픽 이후 과학기술의 비약적인 발전과 한류에 힘입어 삼십 년만에 동계올림픽까지 유치했습니다. 세계 10대 무역대국으로 스포츠와 문화예술의 꽃인 올림픽 행사를 성공리에 마치게 되어 이제 우리는 명실공히 선진국이 되었다고 자부하고 싶습니다. 우리의 정신문화 의식도 선진국민이 되었을까요? 그런데 어쩐지 부끄러운 면이 아직 많이 남아 있는 것 같습니다.

선진국이란 다른 나라보다 정치·경제·문화 따위의 발달이 앞서서 후진국들의 모범이 되는 나라입니다. 그렇다면 선진국에 사는 국민은 다른 나라 국민보다 아름답게 살아야 하겠습니다. 그러나 정치권과 대통령을 비롯하여 고위 공직자들의 비리가 속출하는 뉴스가 날마다 국민의 마음을 어지럽히는가 하면, 문화예술 체육계 정치권까지 폭행이나 성 추문이 곳곳에서 터져 나오고 있습니다. 끼니를 걱정하며 경제부흥에 일생을 바쳤던 부모 세대는, 물질이 풍요로운 세상을 자식 세대에게 선물하고 이제 모두 늙었습니다. 요즈음의 세태는 자신의 편리성과 이익만 추구하고 남을 배려할 줄 모르는 젊은이가 많아 안타깝습니다. 전통적으로 내려오는 효(孝)에 대한 의식과 예절도 점점 사라지고 있습니다.

일반 시민이 자주 이용하는 전철과 버스 좌석 이용 모습은 아름답던가요? 제가 경험해본 바로는 요즈음 전철의 노약자석만은 대체로 잘 지켜지고 있습니다. 그런데 우리 동네 마을버스는 분명히 '장애인·노약자석·임산부석입니다'라고 표시된 좌석에도 젊은이나 학생들이 어른에게 양보하지 않고 그들의 좌석인 양 버젓이 앉아있는 모습은 보기 일쑤라 민망하기 그지없습니다. 노약자가 서서 힘들어하는 모습도 아랑곳하지 않습니다. 젊은이들의 이런 태도를 바꾸지 않는다면 우리나라의 장래는 암담합니다. 각자 시민의식이 상식선의 도덕성이 있다면 우리는 선진국민으로서 부끄러움 없는 선진국민이 될 수 있을 것입니다. 우리 모두 도덕성에 어긋남 없는 선진 한국인의 자긍심으로 생활하여 살기 좋은 나라, 살고 싶은 대한민국을 만듭시다. 2018 평창동계올림픽 대회 성공과 함께 선진국 한국인이 됩시다.

(2018.03.06.)

이름표

학생 시절에는 언제나 교복의 왼쪽 가슴에 이름표를 부착하고 다니는 것이 교칙을 지키는 일이었다. 처음으로 이름표를 달았던 기억은 초등학교 시절이다. 그때에는 하얀 광목에 두꺼운 마분지를 속에 넣고 밥풀로 빳빳하게 만들어 연필로 삐뚤삐뚤하게 쓴 이름표를 붙이고 다녔다. 이 이름표가 며칠 지나면 구겨지고 때가 묻어서, 그리고 비를 맞는 날이면 금방 훼손되어 다시 만들어 달아야 했는데 이게 보통 귀찮은 일이 아니었다. 어렸을 때 우리 집에는 두꺼운 마분지도 귀했고 맏이로 태어난 나는 이름표를 스스로 만들어야 하는 것이 여간 힘든 일이 아니었다.

언니 오빠가 있는 친구들은 만년필이나 펜을 사용해서 청색 잉크로 글씨도 예쁘게 잘 써서 이름표를 달고 다녔다. 그런 친구들이 나는 무척 부러웠다. 그래서 나도 사범학교에 다니는 육촌 큰오빠에게 부탁해서 예쁜 이름표를 만들어 여러 번 단 적이 있었다. 초등학교 3학년 때의 까치설날, 그날도 큰오빠에게 다시 이름표를 만들어 달라고 어렵게 청했는데, 바쁜 일이 있었던지 작은오빠에게 부탁해 보라고 하였다. 할수 없이 중학생인 깍쟁이 작은오빠에게 이름표를 만들어 달라고 부탁하였다.

"흰떡 열 가락을 가져다주면 만들어 주마!"

그래서 할 수 없이 집으로 뛰어와서 어머니 몰래 흰 떡가래를 가져다주고 예쁘게 만든 이름표를 받아 들고 좋아하던 기억이 엊그제처럼 느껴진다. 이제 반세기가 넘는 세월이 흘러 과학의 발달과 풍요로운 시대가 도래하여 이름표도 목걸이형 등 여러 가지 아름다운 형태로 바뀌었다. 성인이 되어 결혼해서 남편과 함께 사회생활을 하면서 평생 배운다는 자세로 여러 대학 캠퍼스를 찾아 주경야독하게 되면서 자주 이름표를 바꾸어 달았다. 여러 단체에 회원가입을 하고 세미나에도 자주 참석하니까 왼쪽 가슴에나 목걸이 이름표가 자주 바뀌어 달린다.

어릴 때 나의 이름이 왜 그리 촌스럽게 느껴졌던지, 한때는 집에서 정임이라고 했다가, 현숙이라고 도장 새겨 은행 통장도 만들기도 했지만 호적에 등재된 민문자(閔文子)는 항상 내 곁에 있었다. 그런데 수년 전부터 '이름대로 살아지는 것인가 보다' 하는 생각을 하게 되었다. 이름에 글월 문(文) 자를 둘이나 가진 나는 불혹을 넘긴 나이에 생각지도 않게 글자와 씨름을 하는 작은 신문사를 경영하게 되었고 또 문단에 수필가로, 시인으로 이름표를 붙였다. 거기에 존경하는 나의 스승은 남편의 아호(雅號)까지 글월 문(文) 자를 넣어 문촌(文村)으로 지어주시니 그야말로 우리 가정은 문촌(文村)이 되었다. 나이 들어 글과 가까이하는 생활을 하라고 지어준 아버지의 깊은 뜻이 깃든 나의 이름이라고 생각되어 오래전에 돌아가신 분께 늦은 감사를 드렸다.

지금은 청주 시내가 되었지만 내가 태어날 당시에는 내 고향은 과수원도 없는 보리와 벼농사만 하는 농촌이었다. 내가 열다섯, 어머니가 서른다섯에 아버지는 서른아홉의 짧은 생을 마쳤다. 아버지가 안 계신 가정에서 자란 탓인지 자신감이 없고 소극적이며 우울한 처녀 시절을 보냈다. 뒤돌아보면 언제나 오금을 펼 수 없을 정도로 주눅이 든 모습으로 허약한 몸에 행동도 굼뜨고 매사에 자신감이 없었다.

그런데, 가난하였지만 다행히 가슴이 따뜻하고 여성의 사회참여에 긍정적인 생각을 지닌 남편을 만나 사업에 동참하고 함께 고락을 나누며 사는 동안 적극적이고 긍정적으로 살아가는 삶으로 바뀌었다. 1987년도 남편과 함께 숭실대학교 중소기업대학원 최고경영자과정에 가서 공부하는 것을 계기로 우리 부부는 평생 공부하는 자세로 산 셈이다. 여러 대학의 평생교육 과정과 단체의 세미나 참석이나 조찬강의나 스피치교육, 문학공부를 우리 부부는 함께 참석하면서 공부하는 자세를 잃지 않았다.

평소 글 잘 쓰는 선배 문인들은 대체로 국어국문학을 전공한 분이 많다는 것을 알았다. 그래서 환갑이 넘은 나이에 한국방송통신대학교 국어국문학과 3학년에 편입학하여 학생 기분을 유감없이 발휘하였다. 열심히 공부해서 좋은 글 쓸 수 있는 자질을 키우려고 '수필가입네, 시인입네'한 이름표를 당당하게 붙이려고 애썼다. 스승께서 지어주신 아호 '소정(小晶)', 작고 빛나는 보석으로 갈고 잘 닦아야겠다고 마음먹은지 벌써 십수 년이 지났다.

끊이지 않는 열정으로 평생교육을 받으며 또 강사로서 후배들과 웃고 생활하고 보니 어느덧 긍정적인 사고에 매사 자신감이 있는 당당한 모습으로 변화한 자신을 발견했다. 그동안 아호를 내려주신 스승은 가시고 나의 이름표가 실버넷 뉴스 기자, 자원봉사자, 수필가, 시인, 낭송가 등등 여러 형태로 바뀌어 우리 집 안방 문고리에 걸렸다.

앞으로도 내 가슴에 단 이름표가 모두 개선장군의 훈장처럼 더욱 당당하게 빛나도록 겸손한 마음으로 훌륭한 선배 문인들을 뒤따라가면서 문학 활동에 적극적으로 참여할 것이다. 열심히 살다가 눈 감고 이 세상을 하직하고 나면 나의 마지막 이름표는 어떤 모습으로 남게 되려나 궁금하다.

(2017.06.20.)

해군사관학교의 이순신 리더십

　서강 여성 STEP(회장 한향림) 참가자 19명은 2017년 4월 13~14일에 1박 2일 일정으로 서강 STEP 서영길 회장의 안내로 고속관광버스를 이용하여 해군사관학교를 방문하였습니다. 서영길 서강 STEP 회장은 해군사관학교장을 지낸 제1연평해전을 승전으로 이끈 전 예비역해군 중장으로 해군에 대한 자부심이 대단한 분입니다. 버스 운행 중 일정 계획표와 '해군가' 악보를 나누어 주고 특강에서 '이순신 장군'이라하지 말고 마땅히 '충무공 이순신'이나 '이순신 제독'이라고 해야 한다고 했습니다.

　버스 탑승 후 6시간 만에 해군사관학교 충무광장에 도착하여 해군사관학교 정안호 교장의 영접을 받고 충무공 동상을 배경으로 기념사진을 찍었습니다. 이어서 충무관 2층으로 안내되어 '손원일실'을 돌아보고 해군사관학교 현황을 듣고 간단한 차 나눔 시간을 가졌습니다. 이자리에서 코끝에 실려 오는 봄 향기와 눈부신 봄빛이 너무나 황홀한 주위 풍광에 임보 시인의 시 「지상의 하루」가 저절로 읊어졌습니다.

　그리고 해군사관학교는 겨레와 나라를 굳건히 지켜낼 해군들을 길러내는 전당이므로, 이순신 제독의 리더십을 공부하는 생도들이 더욱 애국심 강한 전략가로 태극기의 소중함을 느끼는데 보탬이 되기를 원하면서, 도서관에 '태극기'에 관한 나의 칼럼집과 가곡 「태극기」 CD와 악보집을 증정하였습니다. 해사 박물관과 거북선과 이승만 별장과 거대한 군함 독도함을 견학하고 잔잔한 진해 앞바다를 바라보며 우리나라는 '미래가 바다에 있다'라고 하는 구호를 이해하게 되었습니다.

14일 오전에는 해군사관학교장 공관에서 차를 마시며 해군사관학교 사회인문학처장 겸 박물관장 이민웅 대령으로부터 '이순신 특강'을 들었습니다. 내용은 충무공 생애와 충무공 리더십이었습니다.

"충무공의 어머니가 몹시 고생할 정도로 가난했다는 이야기는 잘못 알려진 것이라고 했습니다. 고려조에 중랑장을 지낸 중시조 이돈수의 무관 집안으로 고려조 3대 무반 가문이었고 조선조에서 성종 때 증조부 이거는 세자의 스승으로 대우받던 집안이었습니다. 이순신 집안이 명문 집안이라는 것은 서해 유성룡의 『징비록』에 잘 나타나는데, 어려서 함께 자랐기 때문입니다. 그러므로 임진왜란을 승리로 이끈 수훈 갑은 유성룡입니다. 이순신 제독은 항상 깨어있는 자세로 연구하는 생활로 솔선수범하며 창조적인 경영으로 유능한 참모를 곁에 두고 신상필벌에 엄격했으며 소통의 달인으로 훌륭한 인품을 갖춘 지장(智將)이었습니다."

사관생도들의 숙소까지 다 둘러본 후 사관생도들이 충무공 정신을 이어받아 제2의 충무공을 꿈꾸는 문무겸비한 정예장교로 깊이를 다지는 교육을 받고 있다는 것을 알았습니다. 5개국에서 파견된 11명의 외국인 생도가 우리 생도와 함께 우수한 시설과 환경에서 이순신 리더십과 선진교육을 배워가고 있음에 대한민국의 국격 신장을 눈으로 확인하는 계기가 되었습니다.

첫날은 해군회관에서 격조 높은 만찬을 하고 이튿날 아침 식사는 이름난 '탑산 복집'에서 복국으로 하고 점심은 봄빛 가득한 해안가를 한참 걸어가서 '나가야 횟집'에서 싱싱한 도다리회를 맛보며 즐거워했습니다. 이번에 한 치 앞을 가늠할 수 없는 나라 안팎의 소용돌이 속에서 우리 서강 여성 STEP은 '참다운 리더십이 무엇인가'를 확실히 공부하고 돌아온 나들이었습니다.

(2017.04.20.)

내 인생의 변곡점
-잃은 것은 돈이요, 얻은 것은 문화예술

사람이 한평생을 살다 보면 삶의 방향이 바뀔 때가 있다. 어릴 때야 부모님 선생님 말씀에 순종하면 되지만 성인이 되어서는 오로지 자신의 판단으로 어려운 결정도 해야 한다. 어느 길을 가야 할까, 아무도 가보지 않은 길이기에 어느 길을 택해야 좋을지 막막할 때가 종종 있다. 이럴 때 필요한 것이 '도전정신'이 아닐까? 할 수 있다는 신념으로 용기를 발휘하는 것이다. 용기 있는 자만이 행복을 누릴 수 있다고 생각한다. 하늘은 스스로 돕는 자를 돕는다는 말이 있지 않은가.

가난한 농부의 맏딸로 태어나 중학교 2학년 때에 아버지가 돌아가시자 당장 고등학교 진학 문제부터 순탄치가 않았다. 그러나 다행히 숙부의 도움으로 여고를 졸업하였으나 대학 진학은 언감생심 마음을 비워야 했다. 하지만 진학 욕심을 잠재우고 시험만이라도 보아본다는 마음으로 어른들 몰래 청주교육대학에 응시했더니 떡하니 붙어버렸다. 그러고는 며칠 동안 시위하는 것은 아니었지만, 이불을 뒤집어쓰고 전전긍긍 애만 때웠는데 인천에 계신 숙부에게까지 이 소식이 전달되자 등록금을 내려보내 주셨다. 그래서 교육대학을 졸업하고 짧았지만 교사로서 아름다운 여러 가지 추억을 간직하게 되었다. 당시는 직장을 그만두고 결혼하는 것이 대세인 시절이었다.

서울의 남편과 결혼 후 첫 사업이 실패되자 두 번째부터는 함께 힘을 모아 드디어 사십 대 중반에는 제법 큰 회사를 경영하게 되었다. 그래서 남편과 함께 여러 대학의 최고경영자과정에서 주경야독하면서 여러 분야의 인사들과 친교를 맺으며 삶의 지평을 넓혀 갔다. 숙부와 숙모가 우리 형제는 물론 일가친척을 보살펴 주셨듯이 우리도 어려움에 봉착한 주변을 돌보며 사업이 번창하는가 했는데 사업상 어떤 판단이 잘못이었던지 1994년에 회사가 도산에 이르게 되었다.

당시 열심히 사업에만 신경 쓰느라 돈 쓸 시간이 없어 생활비 외에는 우리 부부 봉급은 차곡차곡 금융기관에 상당한 액수가 저축되어 있었지만 모두 회사채권으로 압류되어 빈손이 되었다. 이럴 때 좌절하지 않을 사람 있을까? 우두커니가 된 남편이 목숨을 헌신짝처럼 버릴까 전전긍긍하면서 추슬러주며 자신을 곧추세워야 했다. 극한 상황에서는 여자가 모성애가 있어서 그런지 더 강한 모양이다.

남편이 실의에 빠진 상태에 돈이 되는 것은 다 사라지고 돈 안 되는 회사가 하나 남았다. 문명사업으로 번 돈으로 문화사업에 봉사한다는 남편의 신념으로 경영하던 주간 신문사였다. 직원이 절반으로 줄어든 상태에서 살려보기로 하고 사무실에 나가 직원들에게 우리 다 함께 열심히 해보자고 했다. 모회사가 도산되기 전에는 남편의 도우미 정도였지만 이제는 오로지 모두 자신의 판단이 필요한 대표로서 행동해야 할 막중한 책임감에 몸을 떨어야 했다. 작은 회사지만 경영이 만만치가 않았다. 신문사 대표는 돈을 만들어 직원 월급을 주어야 했고 회사 경영에 필요한 물자를 조달해 주어야 했다. 신문 구독료 외 광고 수입이 있어야 했다. 처음에는 영업사원들에게 의존하려 했지만 전혀 도움이 되지 않고 오히려 부담만 가중되었다.

할 수 없이 직접 나서야 했다. 그래서 서강대 경영대학원 STEP과정에 등록하고 다시 주경야독하면서 여기저기 포럼에도 참석하고 직접 광고 영업을 하여 회사를 이끌어 나갔다. 이때 설득력이 있고 대중 앞에서도 스피치를 잘해야 한다는 필요성이 절실하였다. 마침 한국언어 문화원의 '3분 스피치' 광고가 신문에 나왔다. 곧바로 등록하고 공부하면서 좋은 분들과 인연을 많이 맺었다. 여기에서 만난 친구가 수필 공부를 함께하자고 해서 수필을 공부하다 보니 용산구에서 주최하는 백일장에서 장원을 하고 이어 김병권 선생님 추천으로 《한국수필》로 등단하였다. 다시 시에 관심을 두게 되어 집에서 가까운 곳에서 시 창작 강의하시던 고정공채 시인을 찾아가 문하생이 되고 2004년 《서울문학》에 추천되어 시 등단이 되었다.

공부는 하면 할수록 더 알고 싶은 것이 많아졌다. 이제 수필과 시 등단으로 문인의 길에 들어섰으니 제대로 알고 글을 써야겠다는 결심이 섰다. 그래서 환갑이 넘은 나이에 한국방송통신대학교 국어국문학과 3학년에 편입학하고 국문학을 열심히 공부하였다. 그리고 2005년 실버 넷뉴스 3기 기자로 출발하여 초대 실버넷뉴스 문학관장을 역임하고 10년 근속상을 타는 영광까지 누리며 정열적으로 활동하였다.

한국방송통신대학교 교수와 동문들과 함께 문학기행이며 해외여행, 영화관람과 토론회에도 열심히 참가하였다. 여러 가지 행사 중에 가장 기억에 남는 것은 국어국문학과 선배 졸업식에서 송사를 낭독한 일이었다. 초등학교 5학년 때 6학년 졸업생들을 위해 송사를 낭독할 때에는 선생님이 써주신 원고였지만 이번에는 온전한 내 글이었다. 또 한 가지 잊지 못할 것은 한국방송통신대학교 국어국문학과 백일장대회인 『통문』에 졸시 「백두산 천지」가 뽑힌 것이었다. 이로써 본격적인 문학

활동을 열심히 하게 되었다.

세월은 쉼 없이 흘러 그동안 자식들은 성장해서 자신들의 삶을 일구며 노쇠한 우리 부부를 부양하게 되었다. 신문사도 십 년을 지켜온 직원이 맡아 하게 하고 일선에서 물러나 이제는 전업 학생이 되어 매일매일 바쁘다. 시를 쓰다 보니 시 낭송 공부도 해야 했고 시화전에 작품도 제출해야 했다. 남의 손 빌려 그림을 그리고 보니 마음에도 안 들고 돈은 돈대로 나가므로 직접 그려볼 욕심으로 수묵화와 서예도 공부하게 되었다. 노년에 이르러 깨닫고 보니 인간이 가까이하고 즐길 줄 알아야 하는 것이 바로 문화예술 분야였다.

남편과 함께 사십 대 후반부터 꾸준히 평생교육 개념으로 공부하면서 언젠가 서울대학교 캠퍼스에서 공부해보리라 하던 꿈이 우연히 이루어졌다. 구로구청의 중요시책의 하나인 서울대-구로구 평생교육 강사 인큐베이팅과정과 심화과정을 서울대 사범대 교육행정연수원에서 공부하는 기회를 우리 부부가 누렸다. 그리고 얼마 후 서울시의 2013년 서울형뉴딜일자리의 하나로 평생교육 강사를 모집하는 일이 있었다. 이에 응모하여 '문학의 집·구로'와 '화원데이케어센타'에서 '스피치와 시 낭송'을 강의하면서 평생교육 강사로서의 2년을 보람있게 보냈다. 준비하는 자에게 기회가 온 것이었다. '한국언어문화원'에서 표현력 개발 스피치와 '한국낭송문예협회'에서 시 낭송을 십여 년간 끊임없이 공부한 것이 드디어 최대의 효용가치를 발휘하게 된 것이었다.

수강생들은 함께 했던 시간이 행복했다면서 그동안 '스피치와 시 낭송'을 배운 것이 사회생활하는 데 큰 도움이 되었다고 한다. 그래서 현재도 따르는 십여 명과 함께 다음카페 '구마루무지개'를 운영하며 매월

예술극장인 구로아트벨리의 '시 사랑 노래 사랑'의 무대에 서서 시 낭송하면서 즐거운 시간을 공유하고 있다. 이렇게 많은 사람에게 시 낭송으로 즐거움을 줄 수 있는 자신감은 나에게 큰 자산이 되었다.

내 인생에서 잃은 것은 돈이요, 얻은 것은 사람과 문화예술이라고 할 수 있다. 1994년에 우리 부부가 경영하던 회사가 도산하지 않았더라면 지금쯤 돈 많은 부자가 되었으리라. 그러나 배부른 돼지보다는 배고픈 시인으로 살라는 하늘의 은총이었는지 부부가 함께 공부하는 문학도가 되어 부부시집을 내면서 곱게 늙어가고 있다. 예술은 나와는 상관없는 먼 세상일인 줄 알았다. 먼 거리를 마다치 않고 오늘도 내일도 존경하는 스승을 찾아다니며 시와 수필을 쓰고 수묵화를 그리며 한글서예와 한문서예를 늦은 나이지만 공부할 수 있음에 감사한 마음으로 자족한다.

(2017.01.19.)

예술인 한 사람의 위력

시 낭송 강사로 초청받아 여행하기는 처음 있는 일이다. '시 사랑 노래 사랑'으로 인연을 맺은 임승천 시인과 함께 후배 한 사람을 데리고 며칠 전 예매해 둔 옥천행 무궁화호를 탔다. 부산행 KTX는 정차하지 않는 작은 도시라 부득이 무궁화호를 탈 수밖에 없었다. 그래도 두 시간밖에 안 걸리는데 오늘은 무슨 사고가 있었는지 40분 늦게 기차가 출발하여 영등포역에서 기다리는 수고를 했다. '이즈음도 이렇구나!' 하면서 옛날마냥 늦어지던 완행열차 기억이 떠올랐다.

옥천은 십 년 전에 꼭 한 번 가본 고장이다. 이번과 마찬가지로 그때도 정지용 문학제에 참가하느라 방송대 학생 신분으로 정지용 문학제 운영위원장이던 박태상 교수를 따라갔다. 조용한 소읍이던 고장이 고층 아파트와 빌딩들이 있는 도시로 많이 발전한 모습이다. 오월의 싱그러운 녹음이 우리의 시야를 시원스레 넓혀주는 차창 밖 풍경을 감상하다 신시가지에 있는 옥천역에 내려서 우리 일행은 택시를 타고 구읍에 있는 정지용 생가와 문학관을 찾아갔다.

'지용제'는 매년 5월이면 정지용의 문학을 기리고 추모하며 그분의 시 정신과 삶의 향기를 더욱 가까이하도록 해마다 열리는 축제이다. 존경하는 정지용 시인의 문학을 접하고 이야기할 수 있는 이곳에 가게 된 것이 우연은 아니라는 생각이 든다. 정지용 시인을 기리는 축제에 증조할아버지 문학 추모제에 참석한다는 마음이다. 십 년 전에 처음 여기 왔을 때 얼마나 감개무량했는지 방명록에 '정지용 시인→박두진 시인→정공채 시인→민문자'라고 기록했던 기억이 난다. 나의 첫 번째 시 스승 고정공채 시인은 박두진 시인의 제자로 천의무봉 시인이라고 극찬을 받은 분이다. 청록파 시인 중 한 분인 박두진 시인은 '지용제' 첫 번째 문학상을 수상하신 분으로 저의 스승의 스승이시니 시 족보를 따진다면 정지용 시인은 문림(文林)에서 저의 증조부가 되시는 셈이다. 십 년 전에 이런 일이 있을 줄 누가 알았을까?

정지용 시인은 시적 대상을 적확하게 시적 기법으로 표현 우리 모국어를 현대화시킨 최초의 모더니스트요 그 누구도 범접할 수 없는 한국을 대표하는 우리 시대가 존경하는 현대시의 최고 별이시다. 정지용 시인의 생가에서 대중들과 그분의 시를 감상할 수 있어서 참으로 감개무량하다. 기교와 형식의 틀에 매이지 않고 자유스럽게 아름다운 그분의 시 감상도 하면서 기초적인 시 낭송법을 이야기하기로 마음먹었다.

정지용과 옥천이란 단어는 우선 향수라는 가곡과 대중가요로 널리 알려져 고향의 이미지를 불러오고 실개천이 등장한다. 오늘 택시에서 내리자마자 물레방아 있는 정지용 생가 앞의 실개천이 붉은색의 작은 우산이 빼곡히 들어차 있는 모습으로 다가왔다. 아마도 밤 풍경을 위한 설치 미술인가 보다. 올해로 제29회 지용제가 열리니 이제 정지용 문학제는 범국민적 국가적 행사로 잘 알려져 있다. 그래서인지 행사 기간만 이용될 천막 타운이 새로 생긴 것 같다. 전국에서 몰려든 관광버스와 승용차들이 임시 주차장을 가득 메웠다.

해마다 5월 15일 정지용 시인의 생일을 전후해서 3일간 행사하는데 오늘이 이틀째 14일 토요일이라 전국에서 몰려든 문학제 참가단이나 일반 관광객으로 구읍 전체가 시끌벅적했다. 우리는 우선 생가와 문학관에 들러 우리를 초대한 팀과 상견례를 하고 안내받은 곳으로 가서 점심을 먹기로 하였다. 일반 주택가를 지나서 왁자한 행사장으로 올라갔다. 정지용 시인이 활동하던 1930년대를 생각하게 하는 다방 '카페 프란스'와 사진관과 옛 이발소도 보인다. 천연염색 체험, 전래민속놀이 체험, 티셔츠와 다포에 판화 찍기, 예쁜 미술공예 체험 등 여러 가지 체험장과 상설공연장이 대로를 가운데 두고 양쪽으로 있다. 또한 각종 생필품 건강용품과 아이스크림 과자 떡 등을 파는 부스에서 전국 각지에서 몰려든 자기 고장의 특산품 명물을 소개하고 있다.

먹거리 식당가는 두 군데인데 이곳 향토음식으로 지용제를 위한 인력을 상대로 식권을 발급한 곳과 일반인이 현금으로 식사해야 하는 전국 명물 먹거리 식당들이 있었다. 우리는 식권으로 먹을 수 있어 옥천 명물 생선국수와 도리뱅뱅이를 주문했는데 이 지역 특산물답게 맛이 좋았다. 생선국수는 민물고기 삶은 뜨거운 어탕에 면을 넣은 것으로 얼큰하여 걱정하던 비린내도 없어 맛있게 먹을 수 있었다. 누구나 한두 번은 맛있게 먹을 만한 음식이다. 도리뱅뱅이는 검은 프라이팬에 금강의 민물 빙어를 갖은 양념하여 죽 돌려 담아 굽듯이 익혀 내놓았는데 잘게 저며놓은 마늘, 그 맛이 잘 어우러져 별미 중의 별미였다.

점심 후 시간에 맞추어 우리 차례의 강의를 위해서 생가 쪽으로 발걸음을 옮겼다. 단체나 가족 단위로 이 행사에 참여한 사람들이 대부분이어서 죽 몰려다니는 모습이다. 이 행사를 위해서 멀리 서울이나 다른 지역에서까지 지원팀이 와서 지용제를 위해 애쓰는 모습을 엿볼 수가 있었다. 옛날 여고 교복을 입은 여학생 차림으로 하는 오르간 연주와 하프 연주는 서울에서 지원 나온 분들의 열정으로 오가는 발길을 멈추고 자연스럽게 함께 노래 부르게 하기도 하였다. 그 음악 프로그램 끝에 우리의 시 낭송 강좌를 진행하였다.

우리 일행은 맡은 일을 마치고 상설공연장과 휘황찬란한 야시장을 구경하였다. '지용제'가 열리는 3일간은 큰 트랙터와 소달구지 타기 체험을 할 수 있었다. 마차형의 2대의 트랙터는 향토기업인 국제종합기계의 협조를 받아 정지용 생가와 시인의 시어로 가득한 구읍 간판의 거리를 운행하며 탑승객에게 고향의 멋을 보여준단다. 육영수 생가 입구에는 보기 드문 수령이 500년은 되었음 직한 느티나무가 보호수로 이 고을을 지키고 있는 듯 떡 버티고 있었다. 우리는 왕복 트랙터를 타고 '육영수 생가'를 방문하고 다시 행사본부가 있는 체험장으로 돌아와서 정지용 시인의 젊은 시절 음악다방을 재현해 놓은 듯한 '카페 프란스'에서 차를 마시고 시 낭송을 하였다. 우리의 목소리가 마이크를 통해서 행사장 전체로 퍼져나갔을 것이다.

해거름에 거리의 먹거리 식당에서 식권으로 돼지족발을 주문해서 저녁으로 가름했다. 그리고 한적한 모텔로 안내되어 하룻밤 편안한 휴식을 취했다. 15일 아침은 올갱이 맛집으로 안내되어 아욱 넣은 올갱이국으로 하였다. '지용문학공원'에는 정지용 시비를 비롯하여 서정주 이은방 윤동주 오장환 박두진 조지훈 박목월 김소월 김영랑 박용철 도종환 시인의 시비가 군데군데 세워져 있다.

문학공원 중앙에서는 학생 그림그리기 대회와 청소년 캠프 특강과 전국시 낭송대회가 열린다. 마침 우리는 전국에서 내로라하는 시 낭송가들의 경연 모습을 잠시 구경할 수가 있었다. 시 낭송 심사위원은 이근배 시인, 공광규 시인, 서수옥 시 낭송가였다. 숲이 우거진 쪽 공원

고개 너머로 가보니 교동호수가 정지용의 향수를 그대로 나타내주고 있었다. 참 아름다운 호수다. 시인이 젊은 날 읊은 시, 그 호수가 교동 호수에 있는 것이다.

호수
정지용

얼굴 하나야
손바닥 둘로
폭 가리지만

보고 싶은 마음
湖水만 하니
눈 감을 밖에

생가 옆 실개천은 우산으로 수놓은 붉은 등(燈)이 밤에는 고혹적인 불빛으로 흐르고 정지용 생가를 우측으로 돌아선 도롯가에는 '꽃피는 집'이라는 꽃집이 있는데 큰 도시에서도 볼 수 없는 아름다운 꽃나무와 화분 꽃바구니가 있어 몇 번을 그 집 앞을 오가며 주인과 대화를 나누었다. 일부러 대전에서 이사를 와서 시작한 꽃집이 연중 정지용 생가를 찾는 많은 사람 때문에 아주 잘 된다는 이야기를 들려주었다. 정지용 시인을 추모하고 우리 현대 시의 기틀이 되어 많은 시인과 일반인들에게까지 큰 영향을 준 그의 문학을 길이 기리기 위해서 '지용제' 행사는 해마다 옥천군이 주최하고, 옥천문화원이 주관하며 지용회, 옥천청년회의소, 옥천문인협회 등이 세부 행사를 맡아서 진행한다고 한다. 행사 기간 옥천을 찾아와서 쓰고 가는 수많은 외지인의 비용은 옥천경제를 윤택하게 하고 있음이 한눈에 느껴지는 것이다.

이렇듯 정지용 축제 기간뿐 아니라 박경리의 소설 『토지』 속의 지명 평사리가 하동 평야에 생겨나 그곳 주민을 먹여 살리듯 평상시도 많은 참배객이 있어 옥천의 문화 경제생활에 큰 영향을 미치고 있음을 알 수 있다. 정지용이라는 시인 한 사람의 배출로 옥천 주민들의 경제뿐 아니라 문화생활에도 긍정적인 힘으로 영향을 미치고 있으니 이 아니 위대한가.

(2016.05.16.)

나는 석양에 피는 꽃이고 싶다

사람은 태어나서부터 평생 삶의 지혜를 터득하기 위해서 공부하며 사는 생명체입니다. 영유아기에는 가정에서 부모에게, 아동기부터 청소년기까지는 학교에서 친구들과 어울리며 교사의 가르침을 받으며 성장합니다. 그리고 부푼 꿈을 가슴에 안고 사회에 진출하여 수많은 사람을 만나면서 의식주 해결을 위한 직업을 찾고 결혼도 하면서 삶의 영역을 넓혀 갑니다.

그런데 저는 어릴 때부터 못난 사람이라는 느낌에서 벗어날 수 없었습니다. 허약한 체질로 태어나 성인이 될 때까지 늘 소화불량과 감기에 시달리고 여름이면 학질을 앓았습니다. 건강하지 못하여 정신도 허약했던지 남 앞에서 말 한마디도 제대로 할 수가 없었고 노래 한번 못 불러보았습니다. 아마도 보고 들은 것이 없었기 때문일 것입니다. 그래서 노래 잘하고 그림 잘 그리고 글씨 잘 쓰는 사람이 참 부러웠습니다.

일본의 식민지 치하에서 가난한 농부의 맏딸로 태어나 언니 오빠도 없이 라디오는 물론 다른 매스미디어 같은 대중매체와는 먼 세상에서 자랐기 때문일 것입니다. 그래서 매사에 자신감이 없고 의기소침하여 소극적인 성격을 지니고 사회성이 약한 소녀로 자랐습니다. 늘 주눅 든 모습이었으니 오죽하면 무슨 죄지었느냐는 소리를 들을 정도였습니다.

그런데 중년 이후 한 분의 시 낭송가를 만나고부터 저의 가슴이 환하게 열리고 용기가 났습니다. 늦은 나이에도 가슴은 푸르러 시 공부에 입문하고 시를 좋아하고 시 낭송을 좋아하다 보니, 먼 거리도 마다

치 않고 좋은 스승님들을 찾아다니며 공부하게 되었습니다. 그러다 무대에도 서서 시 낭송도 하고 기회가 와서 후배들 지도도 하게 되었습니다. 자신이 못났다는 자괴감에서 해방되어 이제는 매달 정기적인 '시 사랑 노래 사랑' 행사에 적극적으로 참여하여 시 낭송을 즐기는 취미생활을 하고 있습니다.

가곡의 신작 발표의 장이라 할 수 있는 '시 사랑 노래 사랑' 정기적인 프로그램에 시 낭송할 후배들을 추천하고 그 친구들과 함께 시 낭송과 가곡이 어우러지는 즐거운 시간을 공유하고 행복감을 맛보고 있습니다. 이런 시간이 오래 계속 이어지자 제가 지은 시가 내로라하는 작곡가의 작곡으로 아름다운 소프라노나 테너나 바리톤 노래에 날개를 달고 가곡이 되었습니다.

「그대의 향기」,「오솔길」,「구마루 언덕」,「태극기」,「늦가을」,「천년의 사랑」,「어머니 사랑합니다」,「시꽃」,「결혼하는 신랑 신부에게」,「겨울꽃」 등은 CD까지 나온 가곡의 제목들입니다.

이제는 노래 못하는 제가 부끄러운 마음을 숨기며 어느 모임에서라도 시 낭송 하나쯤은 할 수 있으니 꿩 대신 닭은 잡았다는 생각이 듭니다. 나도 무엇인가 할 수 있다는 자긍심으로 주위의 후배들에게도 시 낭송의 기쁨을 계속 전파하며 그 호응에 늘 감사합니다.

어릴 때 선생님께서는 국어책 몇 페이지부터 몇 페이지까지 열 번씩 써오라는 숙제를 자주 내주셨는데 저는 늘 그 숙제가 버거웠습니다. 친구 영자는 언제나 예쁜 글씨로 숙제를 빨리빨리 잘해 냈습니다. 하루는 영자에게 저의 숙제를 부탁했는데 자기 것은 예쁜 글씨체로 잘해놓고 내 것은 엉망인 글씨체로 써주었습니다. 그래도 화도 못 내고 몹시 속상했던 그날의 기억이 지금도 선명하게 떠오릅니다. 어린 날의 그 추억은 용기를 내어 늦깎이로 공부하도록 하였습니다.

오래전부터 우리 지역의 평생교육 프로그램에 참여하여 한글서예와 한문서예와 사군자를 공부하기 시작하였지요. 그러다 보니 짬을 내어 월요일부터 금요일까지 하루도 빠짐없이 책가방을 들고 오가는 학생이 되었습니다. 이런 것은 어릴 때 배웠어야 할 공부였는데 이제 배워야 하는 자신을 생각하며 참 딱하다는 생각도 들었습니다. 그래도 하고 싶었던 공부를 늦었지만 지금이라도 할 수 있어 행복합니다.

저에게 공부란 요람에서 무덤까지 세상사는 지혜 터득하기라고나 할까요, 즐거운 마음으로 노년을 살고 싶어 존경하는 스승과 함께 때로는 특강과 서화 작품 전시회에 참여하면서 예술 부문에 가까이 가는 공부를 합니다. 한지 전지 한 장에 가득 차는 졸시 「태극기」를 한 학기 동안 쓰는데 한글 궁체로 제대로 쓰기가 얼마나 어려운지 모릅니다. 다른 사람은 남의 글을 쓰지만 내 글을 쓴다는 자부심으로 6개월 동안 120번 이상 열심히 썼는데 작품 한 장 제대로 못 써내는 둔재입니다.

'선비는 시서화에 능해야 한다, 선비는 아무나 될 수 없는 것이로구나.'

감히 내가 선비 욕심을 내? 그렇지만 마음먹은 대로 잘 써질 때까지 포기하지 않고 둔재의 뚝심으로 쓰고 또 쓰렵니다. 그래도 이렇게 공부할 수 있는 환경과 여건에 감사하며 오늘도 내일도 즐겁게 공부할 것입니다. (2018 한국수필작가회 대표선집 『낯선 곳에서의 기억』)

(2018.12.15.)

인생은 사랑을 먹고 익어간다

어린아이부터 어른까지 좋아하는 것은 사랑이다. 어릴 때는 조부모와 부모님의 사랑을 듬뿍 받고 자란다. 자라서 학교에 입학하고부터는 선생님의 사랑을 받고 때로는 친구들의 사랑도 받는다. 그러나 그 사랑을 누구나 다 받는 것도 아니고 사랑의 유형도 다 다르다.

'제 귀여움 제가 받는다'라는 말은 자기 하기 나름, 자신의 행동거지에 따라 사랑을 많이 받기도 하고 못 받기도 한다. 나는 어릴 때부터 일찍 아버지를 잃은 슬픔이 있었지만, 대체로 여러 사람으로부터 사랑을 많이 받고 자란 편이다. 할아버지의 첫 손녀였기 때문에 자자 일촌 촌락에서, 그리고 학교에서는 얌전하고 공부 잘하는 모범 학생이었기 때문이다. 사랑을 받는다는 것은 언제나 자기 본분을 성실히 하면 다른 사람들로부터 자연히 호감을 받게 되는 것이다. 학생은 학생이 해야 할 본분을 다하는 것, 즉 학칙을 잘 지키고 공부 잘하면 되는 것이다.

그러므로 초등학교에 입학한 후 중 고등학교 대학까지 시험에 낙방한번 안 하고 수월하게 학교생활을 하였다. 학창 시절 많은 친구 중에 절친은 다섯 손가락에 꼽을 정도였지만 그래도 미움은 안 받은 학창 시절이었다. 아름다운 인생의 꽃봉오리 대학 시절은 연애 감정이 샘솟는 것을 억지로 자제하면서 사랑을 거부하던 나의 청춘 시절이었다. 지금 생각해 보면 조신한 행동을 요구하던 엄격한 어머니의 사랑법과 그 시대 사회 인식이 연애는 곧 바람으로 인식되던 암흑기였기 때문이다. 그 시대는 연애하는 친구들과는 단절하고 지내던 문화가 팽배하던 시절이었다. 애써 모범 학생 그룹에서 낙오되지 않으려고 애썼던 기억은 지금 와서 생각해 보면 참 어이없는 일이다. 많은 남성의 관심 어린 시선을 애써 거부하면서 연애 한 번 못해보고 그 찬란한 청춘을 속절없이 보낸 바보였던 것이었다.

그 시절에 교육대학교 졸업 후 초등학교 교사로 사회 첫발을 내디 뎠을 때 같은 학교 중년의 남성 교사가 나의 손금을 보자고 하더니 '과 부'가 된다고 하였다. 파랗게 질리는 얼굴을 보자 '괜찮아요, 오십 너머 서이니까'라고 하는 것이 아닌가. 아마도 그분은 당시의 우리나라 평균 수명이 55세 정도였으니 위로의 말이라고 한 모양이었다. 청춘과부가 된 모친을 생각하며 딸은 어머니 닮는다는 속설에 과부 될라, 평생 조 심조심 살아왔다. 드디어 지난해 10월에 남편은 팔순을 맞이하였고 크 리스마스 날에는 우리의 금혼식을 맞이하여 자식들과 행복한 시간을 누렸다. 그 예언가를 꼭 초대하고 싶은 마음이었다. 그러나 벌써 55년 이나 흐른 세월에 어디에 생존이나 하고 계시는지 모르겠다. 그래서 자 랑스러운 마음으로 다섯 번째 시집 『금혼식』을 발간해 놓았다. 부부시 집 두 권, 수필집 한 권 칼럼집 두 권, 자작시집 다섯 권이니 모두 열 권 의 책을 내놓고도 어릴 때 코 흘리며 함께 자란 벗들에게 책 한 권 보 내지 못했다. 어머니가 일찍 세상을 뜨셔서 중학교 입학시험에 합격하 고도 진학을 못 한 친구와 그와 비슷하게 어려운 환경이었던 벗들을 왜 뒤돌아보지 못했던가.

하고 싶은 공부 다 해서 오로지 혼자 고향 친구들이 부러워하는 글 쟁이가 되었으니 나의 저서 한 권쯤은 선물해야 마땅할 것 같았다. 그 래서 제일 먼저 동창생들의 안부를 물으니 몇 명은 연락 두절이고 37

명이나 이미 저세상 사람이 되었다는 안타까운 소식이었다. 졸업생 105명 중 절반도 안 되는 51명에게만 보냈는데 시집 『금혼식』이 우표를 달고 서울 여기저기 구석구석 고향 그리고 강릉과 부산까지 각각 달려갔다. 10년, 20년, 30년, 아니 64년 만에 들려오는 목소리는 먼 것 같으면서도 가깝게 느껴졌다. 계좌번호를 알려 달라는 몇몇 벗도 있다. 쓸데없는 소리! 간곡한 그들에게 나도 간곡하게 거절하면서 코로나19에서 해방되면 밥이나 함께 먹자고 달랬다. 잊고 있던 어릴 제 함께 뛰놀던 벗들과의 사랑 어린 감정이 되살아나서 완만하게 노을 사랑으로 나는 푹 익어가고 있다.

(2021.02.23)

상처를 치유하는 씨앗이 되고 싶다

며칠 있으면 설날이다. 마음 설레며 설날 이전에 나올 제5 시집『금혼식』을 기다린다. 지난해에는 코로나19라고 온 세상이 우울했지만 십여 년 만에 시집을 내놓고 전국에 흩어져있는 지인들에게 문안 인사 겸해서 그 시집『꽃시』를 우송하느라 오랜 시간이 필요했지만, 평년보다 행복감을 많이 누렸다. 세필로 한 사람 한 사람 주소를 적는 재미와 우송할 시집을 양손에 들고 등짐까지 지고 무거운 줄도 모르고 우체국을 향하여 걷던 걸음은 뿌듯한 마음이었다.

어느덧 77 희수(喜壽)와 금혼식(金婚式)을 맞고 보니 바쁜 마음은 '촌각도 허술하게 쓰면 안 되겠다'라는 2020년 한 해 자각의 소산으로 한 권의 시집 원고를 다시 내놓았다. 그때그때 솟아나는 감정을 일기처럼 개발새발 날 것 그대로 일 년간 엮은 시집이다. 이제 팔순을 바라보는 우리 세대는 일본으로부터 해방되기 전에 태어나서 어린 나이에 6·25 전쟁을 겪었다. 우리나라 전체가 겪었던 피압박의 생활과 전쟁의 후유증은 가난과 질병의 도가니에서 굶어 죽지 않고 살아남는 것이 최우선 과제였다. 일곱 살 어린 눈으로 바라보았던 세상에 그래도 농촌의 가난한 집에서 태어났지만, 아침밥 저녁 죽으로 끼니는 이을 수 있었다는 것만도 다행이라고 여겼다. 그때의 경험은 아침저녁으로 깡통을 들고 대문 앞에서 오들오들 떨면서 주눅 든 목소리로 "밥 좀 주세요!"라고 하면서 구걸하던 내 또래 아이의 불쌍해 보이던 모습과 어른들이 뭐니 뭐니 해도 배고픈 설움이 제일이라는 말씀이, 나의 뇌리 한구석에 저장

되었다가 가끔 떠오른다. 또 우리 밭에 가는 길가에서 바라다보이던 산마루턱의 움막 모습도 가끔 떠오른다. 집이라고 할 수도 없는 형태의 야트막하던 외딴집에 남루한 차림의 아이 셋이나 딸린 부부가 살았었다. 지금 생각해 보면 가축의 우리만도 못하던 집이었다.

이런 환경이었던 우리나라 대한민국은 경제발전과 문화 융성으로 나라와 개인이 모두 부자가 되어 최소한 밥걱정은 하지 않게 되었다. 지난해에는 전 국민이 정부 지원으로 쌀 사고 맛 좋은 쇠고기 실컷 먹어 본 경험도 했다. 김일성이 그토록 원하던 이밥에 고깃국을 대한민국은 벌써 실현한 것이고, 이제는 너무 잘 먹는 식습관으로 효과적인 체중 감량을 위해서 고민하는 사람들이 많다. 이런 21세기에 북한의 현실은 아직도 우리가 반세기 이전에 겪었던 상황과 별반 다르지 않은 모양이다. 그래서 목숨을 걸고 찾아와 대한민국에 정착한 탈북민이 3만 3천여 명이나 된다지 않는가.

사람이 의식주가 해결되면 다음은 사회에 적응하는데 필요한 지식, 알고 싶은 욕구, 공부하고 싶은 욕구가 일어난다. 최소한의 의식주는 정부에서 지원하지만, 교육에 대해서는 정부의 도움이 미미한 것 같다. 우리 동네에는 '남북사랑학교'라는 대안학교가 있다. 대한민국에 적응하기 위한 대학 진학할 학생들과 취업 준비생들의 희망봉이라 할까?

나는 '남북사랑학교'의 이메일을 2년 전부터 받고 있다. 후원자를 원하는 메일이었지만 아무런 재산이 없이 자식의 도움으로 노후생활을 하는 나로서는 가슴 아픈 번민으로 지난해에 졸업식에 참가하였다. 지난해 제3회 졸업생 12명에게 각각 정성 어린 격려의 말과 함께 책 한 권은 사 볼 수 있도록 5만 원씩 60만 원을 건네면서 그들의 소망을 이루는데 작은 씨알이 되기를 빌었다. 올해 2021년 제4회 졸업식은 엊그제 지나갔다. 다행히 지난해 12월 29일 한국현대시인협회가 제5시집 『꽃시』로 나에게 2020년 한국현대시 작품상과 상금 100만 원을 안겨 주어서 큰 걱정 없이 졸업식 날 찾아갈 수 있었다. 이번 제4회 졸업생 10명에게 나의 아름다운 시집 『꽃시』와 함께 전원 10만 원씩의 격려금을 줄 수 있었다. 책 두 권씩은 충분히 살 수 있을 것이다. 오늘 아침에 그 졸업생 중의 한 명인 경인 교육대학에 입학할 학생에게서 다음과 같은 메시지를 받았다.

"선생님께서 이번 졸업식 날 코로나 감염병의 불편함도 마다하시고 졸업식 현장을 방문해 주시고 용기와 사랑을 더 해주셔서 너무 감사드립니다. 선생님의 모습을 보면서 많이 감동했고 사랑과 헌신에 대하여 다시 한 번 배우게 되었습니다. 저도 자신만을 위하는 삶이 아니라 나눌 줄 아는 삶이 되도록 노력하며, 사회의 구성원으로 온전히 준비하기 위하여 최선을 다하는 삶이 되겠습니다. 선생님의 건강과 가정의 행복을 기원합니다."

'모란봉 클럽'과 '이제 만나러 갑시다'의 영상을 통해서 우리는 그들이 얼마나 힘든 역경을 이기고 대한민국에 찾아왔는가를 알고 있다. 우리는 내 나라인 이 땅에서 부모 형제의 따뜻한 배려 속에서 태어나고 성장하여 자유롭게 사회생활을 하고 있는데, 혈혈단신으로 대한민국에 와서 그들은 의지할 곳 없는 현실에 얼마나 막막하겠는가. 어려운 환경을 딛고 그들이 꿈꾸는 대학 생활에, 또는 취업 준비에 이 작은 나눔의 씨가 북한에서, 그리고 탈북과정을 겪으면서 얻은 상처가 치유되고 희망의 씨로 펄펄 자라서 좋은 사회인으로 영글기를 간절히 바란다. (《한국수필》 2021년 4월호)

(2021.04.01.)

세계 일등 국가의 꿈
-오명 건국대학교 총장에게 듣는다

"선진국 진입에 들어선 우리나라는 21세기 정보화 시대의 가장 경쟁력 있는 IT기술 강국이다. 골드만 삭스가 2050년이 되면 코리아가 세계 2위 강대국이 되리라는 리포트를 내놓은 일이 있다." 이 말은 충격적이지만 기분 좋은 이야기이다. 2010년 4월 29일 7시 30분 하얏트호텔에서 한국지역정책연구원(이사장 송용식) 154회째 열리는 조찬 토론 간담회가 열렸다.

'이제 우리 함께 나아가자 -선진국 횃불을 들고'라는 주제로 연사는 오명 건국대학교 총장이었다. 오명 건국대학교 총장은 체신부장관, 교통부 장관, 건설교통부 장관, 동아일보 회장, 아주대학교 총장, 부총리 겸 과학기술부 장관 등 요직을 두루 거친 최고의 명사라고 소개되었다.

오명 건국대학교 총장은 80년대부터 한국 IT 산업을 이끈 사람이라고 전 세계에 알려져 상당한 대접을 받는다고 하면서 다음과 같이 특강을 하였다.

"1960년대 세계 177개 나라 중 여섯 번째로 최빈국으로 78$이던 소득을 200배, GDP는 3,000배 증가시키고 조선 세계 1위, 섬유는 4위, 철강과 자동차는 5위의 경쟁력을 갖고 있다. 단군 이래 국운이 이렇게 융성한 때가 없었다. 이수현 우주인을 탄생시켜 우주 정복에 뛰어들고 나로호 발사 300km가 올라갔다. 고속열차를 우리나라가 세계 최고로 잘 만들어 브라질과 미국에 수출 상담 중이며, 시속 200km를 바다를 질주하는 WIG선 개발과 줄기세포를 이용하는 생명과학산업기술을 바탕으로 세계에 진출하여, 후진국을 도우며 세계일등국가로 도약할 수 있다. IT 혁명하는 데 도움을 달라고 요청하는 국가들이 많아 9개국의 대통령을 만나보았으며 모든 나라가 한국 IT기술에 관심이 많다는 것을 알았다."

"콜롬비아는 3년 마스터플랜으로 사람양성은 건국대학이 교육하는 것으로 하였고 파라과이는 루고 대통령의 부탁으로 한창 상담이 진행 중이다."

"아프리카의 최빈국인 루안다의 대통령 카가메는 지난달 만났는데, 1억 불을 통신네트워크에 투자하여 와이브로네트워크까지 가 있고, 우리나라 KT가 공사하고 1억 불을 받아왔다. 루안다를 도와주자고 하여 IT발전 플랜을 만들어 주는 것으로 그곳의 소프트 인력 12명에게 장학금을 주어 데리고 와 교육하고 있다. 그쪽 대학에 소프트학과를 세워 소프트산업을 양성하도록 하고 있다. 새마을운동본부 같은 것을 건국대 축산대 수의학과가 앞서 있으니까 그들을 도와주고 있다."

"중동국가는 관절염으로 고생하는 사람들이 많다. 줄기세포로 치료하는 방법이 우리나라가 앞서가는 나라가 되었기 때문에 후진국들을 많이 도와주고 있다. 그런 과정에서 우리 시장이 자연스럽게 열리고 있다고 생각한다."

"앞으로 남북인구를 합치면 1억 명에 가까운 큰 나라가 된다. 단일민족으로 단일 언어를 쓰고 있고 종교 간에도 비교적 화목한 편이다. 21세기에 가장 중요한 것은 교육을 통해서 인적자원이 확보되어 있다는 것이다. 우리나라는 미래 원자력 에너지 ITER 프로젝트 세계 IT 6개국

강국이 되어 있다. 우리나라는 고등학교 졸업자 84%가 대학에 진학하고 있어 경쟁력은 넘버 1이다."

"1980년대부터 정보화 운동을 꾸준히 해온 것이 우리의 큰 복이다. 우리나라는 R&D에 GDP의 3.5%를 쓰고 있고 IT 인프라가 확보되어 있다. 1960년대부터 50년 동안 78 $ 이던 소득을 200배, GDP는 3,000배 증가시킨 주역들이 아직도 살아있다는 것은 아주 다행한 일이다."

"골드만 삭스가 2050년이 되면 코리아가 세계 2위 강대국이 되리라는 이야기는 웃을 일이 아니고 충분히 가능한 일이다. 문제는 사회가 너무 빨리 발전하다 보니 갈등이 너무 심해졌다. 떼 부자가 된 사람이 있는가 하면 50년 동안 열심히 살며 저축을 했는데도 강남에 작은 아파트 한 채도 못사는 상태가 되니 불만이 나올 수밖에 없게 되었다."

"대학도 마찬가지, 젊은 교수들은 나이 많은 교수에게 실력 없다고 나가라 하고, 반대로 너희를 어떻게 키웠는데 나한테 이렇게 하느냐고 한다. 곳곳에 갈등이 많다. 국회의원들이 시끄럽게 구는 것은 국회는 국민을 대변하는 거울이므로 그렇게 나타나는 것이다."

"우리나라의 갈등 해소에 쓰이는 비용이 GDP의 27%라고 한다. 갈등이 커지면 더 이상 발전하지 못하고 중국과의 경쟁에서 뒤처져 20,000 $ 도 유지 못 하고 15,000 $ 로 중국의 변방국가가 될 것이다. 한 발짝만 앞선다면, 중국보다 몇 년만 앞선다면 중국의 거대한 시장이 우리의 시장이기 때문에 우리나라는 일등 국가가 되는 것이다."

"지금부터 제일 큰 문제인 갈등 해소 문제에 국민 각자 자신이 스스로 노력해야 할 것이다. 우리 세대가 골드만삭스가 이야기하는 2등 국가가 아닌 1등 국가를 만들어 후손들로부터 영원히 존경받는 세대로 남았으면 좋겠다."

오명 건국대학교 총장은 이렇게 세계로 진출하여 후진국을 선도하는 IT 강국으로 성장하게 된 기쁨을 이야기하였다. 그러나 급속한 경제발전으로 야기된 곳곳마다 갈등 심화 현상이 나타나는 것을 걱정하면서 또 오만, 카타르 등 중동국가에 IT 산업협력 상담 차 출국하기 위해 급히 자리를 떴다. (실버넷뉴스 민문자 기자)

(2010.05.05.)

서울대 단기 학생 실버 부부,
대학로에서 연극보다

우리 부부는 지난 3월에 서울대 6개월 단기 대학생이 되었다. 이십여 년 전에 그토록 희망하던 서울대에서의 공부가 뜻하지 않게 고희에 이르러 이루게 되었으니 감회가 깊다. 그래서 매주 수요일이면 가슴 설레며 책가방을 챙겨 들고 저녁 7시에 시작하는 강의 시간에 늦지 않도록 서두른다. 강의가 끝난 밤중에 사위와 아들아이가 다녔던 학교 캠퍼스를 다시 청춘이 된 기분으로 밤 벚꽃을 감상하며 줄을 서서 버스를 기다리는 시간도 야릇하게 기분이 좋았다.

오늘은 강의실 대신 혜화동 대학로 '하모니아트홀'에서 연극 '불어라, 바람아'를 보는 문화 나눔의 날이다. 우리는 일찍 서둘러 대학로에 한 시간 일찍 도착해서 우선 저녁 식사를 하기로 했다. 젊은 청춘들만 위한 거리라는 기분이 들고 우리 같은 실버가 찾아들고 싶은 식당이 선뜻 눈에 뜨이지가 않는다. 이리저리 한 바퀴를 돌고서야 적당한 곳을 찾았다. 남친은 냉모밀을, 나는 소고기덮밥을 주문하고 앉아 기다리노라니 반세기 전으로 되돌아간 듯……

하모니아트홀 건물 앞에서 시간이 되기를 기다려 마침내 올라간 3층 극장은 '불어라, 바람아' 공연환경에 맞게 70년대 흔히 볼 수 있던 가옥구조로 꾸며져 있었다. 우리 문화예술 모둠 10명은 전원 참석이다. 관람권 좌석번호대로 우리는 나란히 앉았다. 치매에 걸린 홀어머니를 끔찍이 모시는 아들 며느리, 집세를 걱정해야 하는 가난, 귀신이 되어서도 가족과 아내를 사랑하는 아버지, 자살하려던 이웃과의 사랑, 위안부의 원초적인 문제 등 코믹하고도 가슴 아픈 감동으로 눈물샘을 억제하느라 몹시 애쓴 시간이었다.

영식 어머니로 나온 김태리의 분장이 실물 그대로처럼 느껴질 만큼 자연스러웠고 공연 중에 부른 이미자의 '동백 아가씨'도 감동적일 만큼 좋았다. 공연이 끝나고 출연진과의 대화에서 5년 동안 준비하여 기획한 작품이라는 것을 알았다. 경제적인 이익보다 사회공헌 이익이 있어 연말까지 계속 공연할 것이라고 한다. 우리 사회를 위해서 이런 건실한 사고를 가진 이들이 있어 세상이 거꾸러지지 않고 발전해가는 것이 아니겠는가. 많은 관중이 관람하여 경제적 이익도 크게 거두어 계속 좋은 작품 창출하여 이 사회에 더욱 이바지하기를 기원한다. 참으로 오랜만에 가슴 적시는 예술작품을 감상한 봄밤이다.

(2012.05.02.)

내 인생의 빛과 그림자

인간은 창조주로부터 지구를 더 아름답게 가꾸라는 소임을 받고 이 세상에 태어난 것인지도 모른다. 인지할 수는 없지만 알몸뚱이로 세상에 나갔다가 세상인연이 끝나면 다시 빈손으로 하늘나라로 돌아오라는 신의 계시가 있었던 것은 아닐까.

나는 일제로부터 해방되기 일 년 전 초여름 보리가 여물고 모내기가 한창일 때 가난한 나라의 가난한 농부의 맏딸로 청주지방 농촌 마을에서 태어났다. 시누이를 시집보내기 위해서 굶주리며 열 달 동안 베틀에 묶여 베를 짜던 어미뱃속에서 제대로 자라지 못한 나는 출가하기 전까지 밤이면 '아이고 다리야!'를 연신 외치며 황새라는 별명을 들으며 자랐다. 이렇게 허약해서인지 어려서부터 학교에서나 마을에서나 사람들의 애정 어린 사랑을 받았다.

내 이름에 글월 문자(文字)를 둘이나 넣어주고 애지중지해 주시던 아버지가 불행히도 열다섯 살에 돌아가셨다. 서른다섯 홀어머니는 논들 밭들로 농사일에 바빴기에, 장녀로서 셋이나 되는 동생들 빨래며 밥 짓기 집안일을 도맡아 하며 6km 거리의 여학교를 걸어 다녔다. 상급학교는 언감생심 엄두를 못 낼 형편이었지만 인천에서 상업하시던 숙부와 숙모의 정성으로 우리 사 남매는 모두 최고학부까지 공부할 수가 있었다.

그렇지만 아버지 그늘이 없어서였는지 언제나 주눅이 들어서 남 앞에서 말 한마디도 변변히 못 하는 소극적인 소녀로 성장하였다. 1960

년대 그 어려운 시대에 그래도 우리 고장에서는 선망의 대상으로 교사가 되어 '선생님' 소리를 들어보고 결혼하여 우리 부부는 인천에 둥지를 틀었다. 시집에는 홀 시어머님과 형님 내외분이 계셨는데 형님에게는 자녀가 없었다. 결혼하자마자 아기가 생겨 딸과 아들을 낳았고 자연히 어머니를 우리 집에서 모시게 되었다. 어머니는 아이가 없는 형님 걱정하는 말씀을 자주 하시고 셋째를 임신하자 집안 어른들이 어머니 생신날 모인 자리에서 '이번에는 아이 낳으면 아들이든 딸이든 네 형에게 줘라!'라고 하시는 것이 아닌가.

어른들 말씀에는 순종하는 것을 미덕으로 알고 자란터라 거역할 수가 없었다. 태어난 셋째 아기는 아들이었다. 형님 내외분이 아기를 안고 어머니를 모시고 가서 당신 아들로 정성껏 잘 기르셨다. 벌써 돌아가신 지 십오 년이나 되는 시어머니는 비밀 아닌 비밀을 본인에게 알려 주고 가셨지만, 나의 작은 아들은 형님의 아들로 흔들림 없이 잘 지내주었다. 그놈은 좋은 학교 나와서 좋은 여성 만나 결혼하고 아들 형제 낳고 대기업 중견 사원으로 언제나 형님의 자랑이 되었다.

우리 부부의 새끼 잃은 어미 심정을 어머니와 형님은 왜 그리 다독여 주시지 않으셨는지, 평생 속앓이하면서 섭섭할 때가 많았지만 체념하고 애써 태연한 척, 내 마음 진정시키며 살아온 세월이었다. 내가 낳은 삼 남매 모두 잘 자라 제 몫을 잘하며 사회생활을 하는 것을 다행으로 여기며 우애가 언제까지나 돈독하기만을 바랄 뿐이다. 엊그제도 큰댁에서 어머니 제사상 앞에 엎드린 그놈을 보니 '저놈 내가 안 낳아주었으면 형님이 얼마나 초라하랴!' 하는 생각이 들었다. 형님 내외분은 내 속을 아시는지 모르시는지 평생 표현이 없으신 분들이다.

남편은 회사원을 그만두고 건설업을 창업하고 첫 사업에 실패하더니 두 번째부터는 못난 마누라도 참여시켜 주었다. 빈손으로 시작해서 남동공단에 공장을 마련하고 백여 명 직원에 일반건설업을 잘 운영하며 지역사회에서 이웃의 존경과 사랑을 받으며 보람찬 날들을 보냈다. 그리고 의기소침한 나를 당당한 사회인으로 변화시켜주었다. 함께 공부하자는 권유로 숭실대 중소기업대학원, 인하대학교 경영대학원과 산업대학원, 서강대학교 최고경영자과정을 공부하였다. 공부에 재미가 들리자 언젠가는 서울대 최고경영자과정에 가서도 공부해보리라는 생각을 하였었다. 사업을 크게 일구어 나보다 못한 어려운 사람을 도우며 잘 살아보겠다던 우리 부부의 꿈은 십여 년밖에 누리지 못하였다.

사촌 동생 어려운 사정을 도와준 일과 공장 지어 주고받은 어음이 줄줄이 부도어음이 된 것이 겹쳐 1994년에 결국 손들고 말았다. 그 막막하고 어려웠던 세월의 터널을 어찌 빠져나왔는지 모르겠다. 사업 실패는 우리 부부의 건강도 가만두지 않았다. 온갖 어려움을 겪고 실의에 찬 남편이 잘못될까 봐 전전긍긍하며 가슴 졸이는 날이 그 얼마였던가. 그러나 최선을 다해 노력하며 살아야 하는 것이 우리 인생 아닌가. 이제 겨우 평상심을 찾을 수 있는 마음공부가 된 듯싶다.

천 평 대지에 칠백 평 건물에서 일하던 직원들이 정오가 되면 식당에 모여들어 맛있게 식사하던 모습은 지금도 눈에 선하다. 공장 화단에 김칫독 십여 개를 묻어놓고 여러 가지 김치를 담가 사월까지 먹이느라 12인승 봉고차로 충북 미원까지 가서 고추를 사 오기도 했다. 배추 일곱 접 무 여섯 접씩 김치 담그던 일, 부평 새벽 깡 시장에 가서 생선 상자와 찬거리를 사 오던 일, 가을 떡과 삼겹살 구이 해서 나누어 먹던 일, 공장

준공식, 건물을 지어줄 때마다 서예가 입암 선생을 모셔다가 대들보에 상량문을 쓰던 일, 등등이 파노라마처럼 지나간다. 지금도 인천에 가면 우리가 지은 공장, 학교, 소방서 등의 건물과 주인이 바뀐 남동공단 큰 길가 우리 삶의 현장이었던 그곳을 지나치려면 가슴이 아리다.

지천명에 겨우 세상 이치를 깨달으려 할 때 어려움이 닥쳤지만 후반기 내 인생의 보람은 훌륭한 몇 분의 스승들을 만날 수 있어서 퍽 다행이었다. 스승은 가슴 속에 환한 빛으로 갈 길을 잘 인도해 주었다. 행복한 꿈을 품고 살 수 있게 해준 등불이 되어 주었다. 마음의 등불은 새로운 세상의 이정표였다.

책과 가까이하다 보니 어린 날에 관심이 많던 문학에 입문하게 되었다. 수필가 선생님과 시인 선생님을 만나서 그분들의 향기에 취해 공부하다 보니 어느덧 수필가와 시인으로 등단하게 되었다. 등단하고 여러 사람의 글을 살펴보니 대체로 국문학과를 졸업한 분들의 작품이 좋았다. 그래서 2005년에 방송통신대학 국문학과에 편입학하여 2007년 졸업하고 명실공히 문학사가 되었다. 좀 더 자신 있게 글을 쓸 준비를 한 셈이다. 그리고 문학 활동을 열심히 하느라 서예가와 문인화가를 만나다 보니 또 그 묵향에 취해 또 다른 재미를 느끼게 되었다.

선비정신으로 사시는 시인의 시 화살이 내 가슴에 깊이 꽂혀 존경하는 스승이 강의하는 곳마다 찾아다니고 그분의 인터넷카페를 드나들며 가르침을 받는다. 현대의 진정한 시인을 영롱한 시별(詩星)로 모셨다. 시를 공부하다 보니 시 낭송도 해보고 관심을 기울이게 되었다. 어느 행사에서 시 낭송하는 장충열 시 낭송가에게 매료되어 나보다는 한참이나 연소지만 스승으로 모시기로 마음먹었다. 정확한 발음법과 부단한 노력을 요구하는 선생님과 동참하는 시간은 새로운 인생의 즐거움이었다.

후반기 인생에서 만난 스승들은 행복하게 사는 법을 가르쳐 주었다. 긍정적이고 적극적으로 활동할 수 있게 응원하고 겸손하게 하고 때로는 채찍질도 하면서 밝은 빛을 비춰주었다. 인생의 끝자락에서나마 예술세계에 눈이 트인 것은 행복이다. 시를 쓰다 보니 시화전이며 시 낭송회도 참여하게 되고 작품전시회가 있는 곳을 자주 찾아가 감상하는 즐거움을 갖게 되었다. 서예가와 문인화가와의 우연한 만남은 내게 또 다른 축복이었다. 시(詩), 서(書), 화(畵)로 인생의 즐거움을 누린 옛 선비들의 묘미를 어렴풋이 깨달아지는 것이다.

두 권의 부부시집 『반려자』, 『꽃바람』과 수필집 『인생의 등불』은 내 인생을 세상에 내보인 작은 빛이라고나 할까. 이제 세 번째 부부시집을 묶어 세상에 내놓을 차례다. 초보 단계인 서예와 문인화도 계속 배우고 익혀서 내 인생 더 고운 비단을 짜 보리라. 지금 나는 그 어느 때보다도 행복하다. 세상사에 찌들어 자존감을 잃었을 때 만난 좋은 인연이 괴로움을 이기고 새로운 분야에 관심을 두게 하는 등불이 되었다. 문학을 논하며 아름다움을 추구하는 예술을 공부하는 기쁨은 무엇과도 견줄 바가 아니었다. 같은 여성 앞에서도 말 한마디 자연스럽게 하기가 무척 어려웠었는데, 말하기 공부부터 시작해서 문단에 입문하여 문학 활동 하면서 늦게나마 쓰고 싶은 글을 쓰면서 보내게 되어 행복하다.

인터넷 세상에서 젊은이 못지않게 사진과 글을 잘 올려 실버세대에게 좋은 정보나 문학으로 봉사할 힘을 기른 것은 얼마나 잘 한 일인가. 2005년부터 실버넷뉴스 기자로 입문해서 현재 맡고 있는 실버넷문화예술관장으로 봉사하는 생활도 즐거움이다. 꿈꾸는 자에게 기회가 온다고 했던가. 이십여 년 전에 간절히 생각했던 서울대학교 캠퍼스에서 공부하는 기회가 이렇게 나에게 주어져 공부할 줄 그 누가 알았을까. 나의 작은 재능이 사회에 기여할 수 있는 계기가 될 수 있는 바람으로 열심히 공부하여 좋은 글을 쓰고 싶다.

세상사 번뇌로 고민하고 삶이 고단할 때 가슴에 와 닿는 '지혜의 말 한마디는 천금보다 낫다'라는 생각이다. 누군가 나의 글 한 줄로 위로 받는 사람이 있다면 이보다 더 행복한 일이 어디 있겠는가. 지하철 3호선 종로3가역, 4호선 이수역, 5호선 마포역과 오금역, 6호선 이태원역, 7호선 가산디지털역 스크린도어에 나의 졸시 「그대의 향기」가 쓰여 있다. 아침저녁 출퇴근 시 무심코 바라본 눈에 들어온 몇 마디가 그의 생활을 긍정적으로 변화시키고 자존감을 갖게 된다면 이 아니 좋은 일인가. 생선 싼 종이는 생선비린내 나고 향을 싼 종이는 향내 나는 것은 정한 이치, 향기로운 사람이 되고자 오늘도 눈을 뜨며 아름다운 마음으로 아침을 열자고 다짐한다.

(2012.08.18.)

4부

효(孝)

효(孝)

오늘 막내 여동생으로부터 카톡 문자메시지와 어머니 사진을 받았다. 아마도 효녀인 막내가 오늘도 어머니 목욕시켜드리러 친정에 갔나 보다. 매주 먼 거리도 마다치 않고 드나든다. 어머니께 지극히 효성스러운 남동생 내외에게 감사하는 마음으로 머리 손질과 목욕하는 일만은 도맡아서 해내는 동생이다. 어머니 마음을 편안케 또 기쁘게 해 드리려고 애쓰고 있으니 여간 기특한 일이 아니다. 어린아이 보살피듯 머리를 감겨드리고 목욕시켜드리고, 옷을 갈아입혀 드리며 때로는 머리 커트도 해드리며 다정다감하게 정성을 다한다. 때로는 올케의 친정 나들이나 산수화 스케치 여행과 바깥나들이에 어머니 식사까지 시중드는 일을 기꺼이 자청해서 하므로 여간 고마운 일이 아닌 효녀 중의 효녀이다.

큰 여동생도 그간에 어머니께 여러모로 많이 효도하였다. 중국 미국 유럽까지 어머니를 모시고 다니며 좋은 옷, 좋은 음식과 새로운 풍물을 보여 드린 효녀이다. 이 여동생이 가장 잘한 것은 어머니의 자긍심을 높여 드린 것이다. 본인은 물론 배우자와 자식들이 누구나 선망하는 우리나라 최고의 대학교를 나와 법조인 남매를 배출했으니 겨우 어깨너머로 한글을 깨치신 무학인 어머니께는 이보다 더한 효가 어디 있으랴.

그러나 남동생 부부가 최고의 효자효부라고 생각한다. 어머니가 농사일을 그만두시고 인천으로 올라오신 이후 줄곧 한 집에서 모시고 사는데, 언제나 어머니 말씀이 법으로 알고 순종하면서 편안히 모시려고 노력을 많이 한다. 그래서 어머니는 지금도 누구의 눈치도 안 보시고 당신 생각대로 안방정치를 잘하신다. 대소가의 중요한 일이나 가을 추수가 끝나면 쌀을 나누어주는 일까지도 어머니의 지시에 따르는 동생 부부, 이제 고희를 넘기고 자녀들도 다 성가 시키고 손자 손녀도 여럿이다.

어머니는 서른다섯에 홀로 되시고 농사일하시며 우리 사 남매를 모두 대학교육을 시켜주셨다. 그리고 할아버지가 여든다섯에 돌아가실 때까지 지극정성으로 효성을 다하셨다. 그래서 청주향교로부터 효부상을, 청원군수로부터 장한 어머니상을 받은 분이시다. 집안 대소가를 우애롭게 하는 일과 세상살이에 감탄할 정도로 지혜로우신 분이시다. 올케는 늘 특별히 어머니께 잘하려고 노력하는 모습에 우리 삼 자매는 고맙기도 하고 미안한 감을 떨칠 수가 없다. 지금은 정년퇴직을 했지만 초등학교 교사로 주경야독으로 대학원에서 산수화를 전공하며 석사 학위를 취득하고, 안견 미술대전에서 대상을 수상한 한국화가로서 경인미술관에서 개인전도 연 재원이다. 누구보다도 바쁜 생활을 하는 중에도 어머니께 대한 효성은 한 치의 오차도 없이 정성을 기울여 모시니 감동할 수밖에 없다. 남동생의 효성도 둘째가라면 서러울 정도인데 부전자전, 종손인 조카도 할머니께나 제 부모에게 요즈음 젊은이답지 않은 효자이다.

'뿌린 대로 거둔다'는 우리 속담이 생각난다. 그래서 그런가? 우리가 자라면서 부모님이 할아버지께 하는 모습을 보고 자랐는데, 이제 어머니께 지극정성인 동생들을 보니 참으로 고맙고 대견하다는 생각과 나 자신은 부끄럽게도 효성스러운 자식이 못되어 얼굴을 들 수가 없다. 내가 한 가지 잘한 일이라고는 삼십여 년 전에 인천 인하대학교 일반인을 위한 특강에 어머니를 모시고 간 일이다. 허영자 시인에게 변영로의 시 「논개」를 어머니와 함께 배운 일이다. 평생 노래 한가락 못 부르시던 어머니가 그 시를 무척 좋아하셔서서 평소에 자주 읊조리시던 것이 아닌가. 삼 년 전에 내 작품 발표하는 날 '시 사랑 노래 사랑' 무대에서 시 낭송으로 '논개'를 읊으시도록 한 일이다. 고운 한복을 입으신 어머니께 마이크를 대드리니 가쁜 숨도 몰아쉬시면서 끝까지 훌륭하게 낭송하신 93세의 어머니, 우레 같은 박수를 받았다. 어머니 가슴속에 자긍심 깃든 좋은 추억이 되었으면 했다.

우리 집에는 효(孝)에 관한 액자가 둘이 있다. 초은 김방부 님이 쓴 〈百善孝爲先〉과 현암 민성기 님이 전서체로 써준 〈孝百行之源〉이 걸려있는데 같은 뜻이 아닌가. 그러고 보면 알게 모르게 우리 부부도 세상살이에 있어서 효(孝)를 가장 먼저라고 생각하면서 살아왔는지도 모른다. 그럼에도 불구하고 부모님께 특별히 효도하는 삶을 살았다고 할 수도 없다. 다만 우리 부부는 차남을 큰댁에 보내드리고 종손이 되어 대를 잇게 한 일이 하나 있다. 이미 이십여 년 전에 돌아가신 시어머님께서는 큰 아드님의 소생이 없자 노심초사 걱정하셨다. 그래서 당시에는 어머님께 효도하는 마음이었다. 다행히 어머님과 형님 내외의 극진한 사랑으로 자라서 그 아이 부부도 우리나라에서 제일 좋다는 대학을 나와 부부가 누구나 선망하는 기업과 은행에서 일하며 아들 형제를 낳아 형님 내외를 한층 기쁘게 하고 있다.

우리 집에 걸려있는 액자를 다시 살펴본다. 효를 행하지 못했으니 그렇지, 누구를 탓하랴. 삼 남매 낳아 남매를 길렀는데 큰아들이 장가를 안 간다니 '뿌린 대로 거둔다'는 속담이 내 잘못이 무엇인가, 다시 한번 더 생각하게 한다.

(2019.06.17.)

친정 나들이

6월은 우리 가족에게 행사가 많은 달이다. 숙부와 아버지, 할머니 제사를 모시기 위하여 친정에도 여러 번 가야하고 우리 가족 생일 차례도 세 번이나 해야 한다. 오늘은 마침 아들 생일과 숙부 제삿날이 겹친 날이다. 점심을 가족끼리 갈비구이와 냉면으로 맛있게 끝낸 후 인천대공원에서 열리는 시화전에 졸시 「태극기」가 걸렸다는 후배 시인 전갈을 받고 모처럼 우리 부부는 그곳으로 발길을 옮겼다.

인천의 젊은 세대가 휴일을 맞이하여 어린이를 데리고 몽땅 몰려든 것처럼 자연과 공공 시설물을 즐기는 수많은 인파, 행복한 모습이다. 아름답고 싱그러운 호숫가에 시화 걸개가 죽 걸려있다. 대부분 6월을 주제로 한 시가 많다. 뜨거운 햇볕을 피하여 나무 그늘 벤치에 앉았다. 푸른 호숫가 물장구치는 청둥오리와 백로 몇 쌍이 노니는 자연 모습의 배경에 시화들이 더욱 아름답다. 한참 앉아있다 보니 아름다운 풍경을 바라보는 시선도 싫증이 났다. 해 넘어가기는 아직도 멀었으니 송도 신도시 제사 모시는 사촌 집에서 가까운 어머니가 계신 친정에 들르기로 했다.

미리 전화하고 현관에 들어가 우선 어머니를 부르니 남동생이 외가에 모셔다드리고 지금 막 돌아온 것이란다. 지금까지 동생 내외가 극진히 모신 덕택으로 백수를 바라보시는 연세에도 그런대로 건강을 잘 유지하시는 어머니, 청주까지 가셨다니 놀랍고도 반가웠다. 동갑이던 외숙모 제사가 내일이고 외사촌이 사위를 본다고 겸사겸사 가시고 싶어

하신 모양이다. 고향 집 다음으로 추억이 서려 있는 외갓집이 확 떠오른다. 남동생이 외가 소식을 전해주었다. 그동안 외사촌이 헌 아랫집을 사서 헐고 새집을 훌륭하게 잘 지었으며 이제는 다 큰딸 셋을 거느리고 여러 가지 종류의 채소를 심은 텃밭을 가꾸며 아기자기하게 사는 모습이 참 행복해 보이더라는 이야기다.

어머니는 오늘 당신 시동생 제삿날을 물리치고 친정 올케 제사를 보겠다고 가신 그 심경이 복잡하셨으리라. 가을에 혼인할 신랑감이 온다는 소식에 마음이 더 동하셨겠지. 저녁 일곱 시가 되어서 동생 가족과 함께 사촌 집으로 갔다.

구십 세가 되신 숙모도 건강하신 모습이라 반갑고도 반가웠다. 사십도 되지 않아 세상 하직한 아버지 대신 큰 그늘이 되어 주신 작은아버지 작은어머니이시다. 덕택에 우리 사 남매 남부럽지 않게 성장할 수 있었기에 결혼 후 반세기가 다 되도록 우리 부부는 제삿날을 잊지 않았다. 육 형제나 되는 사촌들 모두 자기 몫을 훌륭히 하면서 작은어머니께 효도하는 이야기에 가슴이 뿌듯하다. 손자가 조종하는 비행기를 타고 제주도 여행을 잘하고 오셨고 큰 기업의 임원으로 교회 장로인 넷째 아들의 효심이 각별하다고 귀띔하신다.

사촌이 사촌이 아니고 친형제처럼 지내는 우애는 우리의 자부심이다. 고목이 되신 두 분 어머니가 아직도 우리의 큰 기둥으로 건재하신 것이 얼마나 마음 든든한지 모른다. 고희를 넘긴 나이에도 친정에 가면 어머니가 계시고 사촌 집에 가면 끔찍이도 사랑을 주시던 작은어머니가 계시니 나는 행복한 여인이다. 두 분 어머니 살아계시는 동안 더욱 자주 찾아뵈어야겠다고 마음먹는다. 모녀가 각자 친정 나들이 한 날이라 어머니 얼굴은 뵐 수가 없었다. 어머니가 좋은 추억을 담아오시길 마음으로 빈다.

올해 제상은 더욱 푸짐한 것 같다. 모두 엎드려 예를 다 갖추어 제사를 모셨다. 오래전부터 불문율이 된 저녁 아홉 시에 제사를 지내고 제사음식으로 늦은 저녁에 식사했다. 그리고 모두 수도권인 각자의 집으로 돌아갔다.

열흘 후면 아버지 기일이니 또 친정나들이를 해야 한다. 그날은 어머니를 뵐 수 있겠지. 어머니, 친정 나들이 무사히 끝내고 오시기를 기도한다.

(2016.06.20.)

조사
-어머니 가시는 길에

어머니 백수는 하실 줄 알고 있는데 왜 이리 정신줄을 놓고 계십니까? 아흐레 후면 생신인데 왜 그러십니까? 지금이라도 벌떡 일어나셔서 큰 숨 한 번 내쉬시고 "아, 잘 잤다!" 하고 외치세요. 인생 수명 백년을 다 살고 가셔도 섭섭하기 그지없는데 어찌 이리도 빨리 저희 곁을 떠나시려 하십니까? 어머님의 손발이 식어가고 고통스러운 숨소리에 저희 사 남매 가슴이 저려와 어찌할 바를 모르겠습니다.

뒤돌아보면 어머니는 1924년 음력 6월 21일 태어나셔서 일곱 살에 외할아버지를 여의시고, 홀로 되신 외할머니와 외삼촌의 극진한 사랑으로 자라시다 열아홉 살에 네 살 위인 아버지를 만나 결혼하셔서 저희 사 남매를 두셨지요.

마을 사람들로부터 선남선녀라고 부러움을 사던 어머니의 부부 사랑은 안타깝게도 서른다섯에 저희 사 남매만 끌어안고 서른아홉 살 지아비를 하늘나라로 보내셔야만 했지요. 요즈음 세상에는 서른다섯이면 시집도 안 가고 서른아홉이면 장가도 안 간 나이인데 육십이 넌간 어머니 얼마나 서글프셨나요?

그러나 학교 문턱에도 안 가보셨지만 어머니께서는 세상사는 지혜가 남다르셨어요. 저희 사 남매 우리 고장에서는 드물게 대학 교육까지 시켜주시고 어머님의 지혜로운 말씀으로 이제껏 양육하셨습니다. 덕분에 저희는 세상 사람들에게 크게 욕먹지 않고 모두 잘 살아왔습니다. 그러니 이렇게 떠나시면 어머님의 지혜로운 말씀을 이제는 어디 가서 들어야 합니까?

저희 사 남매는 어머니의 자녀로 이 세상에 태어난 것이 큰 행복이었습니다. 동기간과 이웃을 사랑하고 나눌 줄 아는 지혜를 어머님의 생활과 신념을 이어받았으니까요. 그래서 가는 곳마다 저희는 분에 넘치는 사랑을 받고 있습니다. 이 모두 어머니의 엄격하면서도 자애로운 사랑법 은혜입니다.

어머니! 그래도 하늘나라 가시면 서른아홉 미남 아버지를 만나셔서 기쁘시겠어요. 아흔일곱이 아니라 서른다섯 풋풋한 신부로 변신해서 찾아가셔요. 그래야만 아버지가 알아보실 거예요. 그곳에서는 이 땅에서 못다 한 꿈 같은 사랑 나누세요. 그리고 저희 사 남매와 손자녀 잘 길러 놓았다고 자랑하셔요.

사람은 이 세상에 태어날 때 크게 울고 떠날 때는 주위 사람들을 크게 울리고 떠나지요. 어머니 가시는 길에 눈물을 주체하기 힘듭니다. 그러나 인생이란 회자정리라 어쩔 수 없이 사랑하는 어머니를 하늘나라로 보내드립니다. 부디 평화롭고 안락한 자리에 안착하소서. 저희 사 남매와 자식들이 옷깃을 여미고 두 손 모아 어머님의 명복을 비옵니다.

2020년 8월 1일 밤 11시 25분
맏딸 문자 올림

아버님 전상서

아버님이 타계하신 지 육십삼 년이 흘러 열다섯 살이던 맏딸이 일흔여덟이 되었습니다.

아버님은 아직도 서른아홉이신지요? 지난해 음력 6월 12일 97세 어머님이 오랜 세월 그리워하시던 아버님을 찾아 그쪽 세상으로 가셨는데 잘 만나셨나요? 아버님이 잘 알아보실 수 있도록 35세 풋풋한 신부로 변신하고 만나시라 했는데 지난해 칠월칠석날 오작교에서 만나셨을 줄 믿습니다. 얼마나 반가우셨을까요?

아버님께 못다 한 효도를 어머님께 다 하려 했으나 이 세상 시간 줄이 길지 않아 그만 아버님께로 보내드릴 수밖에 없었습니다. 어머님으로부터 저희가 사는 이야기는 잘 들으셨나요?

어머님의 노고로 저희 사 남매가 잘 자라서 모두 좋은 배우자 만나서 슬하에 자녀들 거느리고 행복하게 잘 살고 있습니다. 아버님, 갑식 동생과 저도 칠순을 훌쩍 넘었고 경희 경애도 칠순을 바라보고 있어 건강을 염려하는 나이가 되었습니다.

저희 사 남매는 아버님의 좋은 유전자를 물려받고 어머님의 지혜로운 가정교육으로 세상 살면서 크게 욕먹지 않고 잘살고 있습니다. 아버님 어머님의 자녀로 태어난 것이 자랑스럽고 행복합니다. 저희 자식들도 부모를 자랑스럽게 여길 수 있도록 저희에게 지혜로운 영감을 불어넣어 주소서.

저희가 이만큼 잘 사는 데는 작은아버지 어머니의 우애로우신 마음으로 어머님을 도와주셔서 저희가 모두 대학교육까지 받아 정상적인 사고력을 지닐 수가 있었기 때문이라 생각합니다.

늘 감사하는 마음으로 살았는데 작은아버지는 1977년에 이미 55세로 가셨지만, 작은어머니께서는 올해 95세로 음력 2월 18일에 별세하셨습니다.

이제 어른들을 모두 잃고 저희가 어른이 되어 자식들을 잘 인도해야 할 책무를 느낍니다.

아버님, 어머님과 함께 부디 극락에서 저희 대대손손 건강한 육체와 건전한 정신을 갖춘 자식들 낳아 잘 기르도록 굽어 살펴주소서.

아버님, 늘 어머님과 함께, 그리고 작은아버지 작은어머니와도 즐겁고 행복한 세상 누리시기를 비옵니다.

2021년 6월 29일, 아버님 기일에 맏딸 문자 사룁니다.

어머님 정정숙 여사 1주기 추모제에

어머님 어서 오세요.

아버님도 어서 오세요.

어머님 가시고 첫 제삿날입니다.

어머님 아버님의 영혼을 맞이하려고 정성껏 음식을 장만하였습니다.

어머님 아버님 병풍 앞에 좌정하시고 이 음식과 풍성한 과일 맛나게 흠향하소서.

코로나 거리두기 4단계 정부 시책으로 부득이 사촌들은 물론 저희 사 남매도 다 참석하지 못했습니다. 어머니 생존 시보다도 더욱 악화한 상태입니다. 그러나 저희는 아직 건강 잘 유지하고 있으니 안심하세요.

지난해 저희 사 남매가 어머니께서 기거하시던 안방에서 식어가는 어머님의 손발을 주물러드리며 아버님께 고이 돌아가시는 모습을 지켜 볼 수 있었던 것만도 다행으로 생각했습니다. 그리고 고향 선산 아버님 곁에 모시고 돌아와 줄곧 끈 떨어진 모정이 못내 아쉬워 어찌할 바를 몰랐습니다. 그러나 이 모두 인간 세상 생멸의 이치인지라 어찌겠습니 까? 어머니가 안 계셔도 밥을 먹고 잠을 잤습니다. 이제 어머님은 아버 님과 늘 함께하시면서 자손들이 건강하고 지혜롭게 이 세상을 잘 살아 가도록 축원해 주실 줄 믿고 저희는 열심히 살아가겠습니다.

지난달 오월 스무날 아버님 제삿날에도 어머님도 함께 오셨지요?

어머님 생존 시의 말씀대로 내년부터는 아버님 제삿날인 오월 스무 날과 정월 초하루, 그리고 추석 한가위 날 두 분을 함께 모실 것입니다.

이제 변화하는 환경에 적응하면서 저희는 어머님 아버님의 크신 사랑 늘 품고 살아가겠습니다. 어머님, 늘 아버님과 함께 극락에서 무궁한 복락을 누리시오소서. 어머님 1주기에 부모님 영혼 평안을 비옵니다.

2021년 7월 20일(음력 6월 11일), 문자 올림

벌초

2021년 8월 29일 오늘은 장수이씨 양후공 철원지방 후손들이 벌초하는 날이다. 6·25 때 풍요로운 철원평야를 대한민국에 빼앗기고 김일성이 분해서 사흘을 굶었다는 그 황금벌판을 가로질러 민통선 앞 검문소에서 초병들의 검문을 받고 서울과 동두천에 사는 우리 형제 부부와 석우가 조상님들의 묘역에 도착한 것은 9시였다.

철원 조카님들이 일찍 도착해서 벌초 진행이 이미 많이 진행된 상태였다. 우리 형제는 팔순을 훌쩍 넘기고 또한 양가 모두 신장투석을 하는 중환자를 대동하여 함께 참석하는데 의미를 두고 간 길이다. 그래도 아주버님은 85세의 고령에도 불구하고 제멋대로 자란 나무들을 보기 좋게 전지하시며 노익장을 과시하셨다.

깨끗하게 이발한 묘역을 바라보며 코로나 거리두기 정부 시책으로 예년보다 훨씬 적게 참석한 종친들을 바라보며 출석 체크겸 사진을 찍었다. 대마리 마을에 있는 식당에서 돼지고기 김치찌개로 맛나게 점심 식사를 하고 귀로에 올랐다. 조상에 대한 효 개념이 점점 얇어져 가는 세태에 씨족 개념도 나 몰라라 하기 쉬운 세상이다. 철원 고향땅을 지키며 묘역관리에 애쓰는 조카님들께 감사하는 마음과 안쓰러움을 표현할 길이 없다.

큰조카님 댁에서 가져온 옥수수와 참외 맛나게 먹었어요.
종친 여러분! 고맙습니다.
늘 건강하시고 행복하세요.

성묘

아버님, 어머님. 추석을 지낸 지 벌써 열흘이 다 되었네요. 두 분의 맏딸 어리벙이가 출세해서 고향에 내려와 아버님 어머님께 고합니다

아버님 생각나시나요? 어느 봄날 여덟 살 된 어리벙이 손잡고 강서 초등학교에 가셨지요? '처음 보는 변소 게다를 신고 들어가 겁이 나서 절절매는 소녀에게 아! 우리 딸에게 고무신을 사 주어야겠구나!' 하셨지요. 손가락 열도 못 세고 제 이름자도 못 쓰고 학교가 무엇인지 개념도 모르면서 학교에 입학했네요.

중학교 입학시험을 보고 발표하는 날 아침 밥상에서 웃으시며 하신 말씀은,

'낙동강 오리알 떨어지듯 뚝 떨어져라!'

그리고 입학금이 걱정되셨던 아버지, 아랫목에 누워계시면서 저에게 받아쓰라고 이르신 편지 내용은,

'작은아버지, 제가 청주여중에 합격했어요. 작은아버지께서 아버지께 말씀 좀 해 주세요. 돼지새끼를 팔아서라도 문자 중학교에 입학시켜 주라고요.'

그리고 추운 눈보라 맞으며 6km를 걸어 다닐 것을 염려하시고 값비싼 모직 머플러는 못 사 주시고 융 머플러를 사다 주셨지요. 저는 그 머플러를 지금도 이렇게 간직하고 있답니다. 아버지!

그렇게 저를 사랑하시던 아버지께서 어느 겨울밤 마실 가셨다 밤늦게 들어오셔서 어머니와 나누시던 대화를 제가 엿들었네요. 농사일이

힘에 버거우셨던지,

"나는 문자 데리고 청주에 나가 책방이나 하면서 살고 싶다."

그러시던 아버지 제가 중학교 2학년 때 "인명은 재천이다." 일갈하고 떠나셨지요. 지금은 서른아홉 살이면 결혼 안 한 사람도 많답니다. 서른다섯 꽃다운 어머니에게 어찌 저희를 맡기고 떠나셨나요?

아버지와 작은아버지는 그 누구보다도 우애가 두터우셨었지요.

어머니께서 손발이 부르트도록 고생하시며 저희를 지혜롭게 길러주시는 데 숙부와 숙모는 큰 힘이 되셨지요. 숙부와 숙모의 도움 덕분에 저희 사 남매 잘 성장해서 모두 대학 교육까지 마치고 결혼해서 가정 이루어 자식 낳고 나름 행복하게 살고 있습니다. 이 모두 두 분 부모님의 양질의 유전자를 받았으므로 누리는 행복이기도 합니다. 아버님, 어머님! 감사합니다.

남 앞에서 늘 주눅 들어 말 한마디 제대로 못 하던 어리벙이는 배우자를 잘 만나 그가 이끄는 대로 생활하다 보니 늙도록 평생 학교와 가까이하고 공부하면서 살고 있습니다. 문단에 이력서를 올리고 열 권의 책을 펴내면서 지난해는 '한국현대시 작품상'이라는 제법 상다운 상을 받기도 했습니다. 이제 못난이 어벙이가 남 앞에서도 말 몇 마디는 제법 할 줄 알고 많은 사람의 사랑을 받고 있답니다. 아마도 어머니께서 저희를 기를 때에 '그저 남의 눈에 꽃으로 보여라, 잎으로 보여라'라고 주문을 외신 덕인가 합니다. 아버님 어머님이 생존해 계셨다면 얼마나 기뻐하셨을까요?

오늘은 강서초등학교 개교 100주년 기념행사에 주로 저의 작품이 수록된 책과 후배들에게 도움이 될 서적 백여 권을 강서초등학교 도서관에 기증하는 행사에 초대받아 참석하고 왔습니다. 모교의 이번 행사 주인공의 한 사람으로 참석한 저의 가슴은 금의환향한 듯했습니다. 64년 전 초등학교 졸업식 때 오형식 교장 선생님께서 해주신 당부 말씀 "학행일치, 배운 대로 행동하라." 평생 제 가슴에 살아 있는 이 귀한 말씀을 후배들에게도 알려달라고 했네요. 저는 지금까지 잊지 않고 그 말씀대로 살려고 노력하면서 최선을 다해서 살아왔습니다.

빈한해서 중학교 입학을 겨우 하고 고등학교 때도 학자금 일부 면제 받고 교육대학 입학금과 등록금도 숙부의 도움으로 해결하고 공부했지요. 결혼 이후에도 음으로 양으로 숙부님께서 돌보아 주신 은혜 하늘 같으나 제대로 갚지 못했습니다.

아버님 어머님, 이제 한자리에 이렇게 누워 계신 걸 보면 그저 애련할 뿐입니다. 영적인 부모님 계신 세상은 가늠키 어려우나 늘 아버님 어머님 사랑합니다. 부디 앞으로도 저희 사 남매 정신과 육체 모두 건강한 자손들 대대손손 점지해 주시며 그곳에서 평안하시기를 기도드립니다.

2021년 9월 30일, 맏딸 문자 올림

조사
-숙모님의 부음에

 온갖 꽃이 만발한 이 아름다운 봄날에 가장이 대상포진으로 입원한 병실에서 작은어머니께서 돌아가셨다는 비보를 접하고 오열했습니다. 코로나19 거리두기 정부 시책이 완화되면 맛난 호두과자 사 들고 찾아 뵈려던 마음, 이제는 아무런 소용이 없게 되었네요.

 작은어머니! 보고 싶던 얼굴들 못 보시고 얼마나 답답하셨나요? 시어머니도 안 계신 빈한한 저의 가문으로 시집오셔서 아들만 6형제를 낳아 기르시면서 사업하시는 작은아버지의 한쪽 날개 역할을 잘 해내셔서 한때는 고향에까지 이름나도록 부를 쌓으셨지요.

 뜻하지 않게 일찍 아비 잃은 저희 사 남매와 어미를 숙부와 숙모께서 자애로움으로 보듬어 주신 덕분에 기죽지 않고 어려운 시절을 잘 건너왔습니다. 저희가 모두 장성해서 나름대로 삶을 잘 살아가는 것은 모두 작은어머니의 하해와 같은 은혜인데, 갚지 못하고 보내드리는 이 마음 안타깝습니다. 사촌 6형제와 저희 4남매는 한 분 남아계시던 부모 세대의 가장 웃어른이셨던 작은어머니를 잃고 이제 어떻게 살아야 할까요.

 천국에서는 저의 부모와 숙부님과 고모님 내외분이 작은어머니를 반갑게 맞이하시겠네요. 부모 세대 3남매가 모두 만나시리라 생각하니 조금은 위안이 됩니다. 즐거운 만남으로 작은어머니 안락한 곳에서 외롭지 않게 평안을 누리시오소서. 저희 10남매는 작은어머니 잃은 슬픔을 그 무엇에도 비길 데 없으나, 꽃피는 봄날에 보내드리는 것을 그나마 축복으로 알겠습니다.

작은어머니! 이제 다 장성한 저희의 걱정은 그만하시고 하늘나라에서 영원한 행복을 누리시오소서. 옷깃을 여미고 경건하게 작은어머님의 명복을 비옵니다.

2021년 3월 31일, 문자 올림

어머니 목소리

어머니! 유난히 어머니가 그리운 날입니다. 어머니에게 여쭈어보고 싶은 것이 많습니다. 가끔 궁금한 것이 문득 떠오를 때마다 어머니는 아실 것 같은데 답답하기만 하네요. 이미 지지난해 8월 1일 먼 나라로 가셨기에 불러보아도 어머니는 대답이 없습니다. 어머니 생존 시에는 전화를 걸어서 바로바로 해결했었지요. 서울 인천 가까운 거리에 살면서 자주 소통하면서 살았는데 왜 더 많이 대화하며 살지 못했을까요? 후회막급이네요.

어머니와 나는 스무 살 차이, 이젠 황혼 녘 중간쯤에 서 있게 되니 깔끔하게 정리하신 후 떠나신 어머니의 지혜가 새삼 돋보이며 그리운 것입니다.

신변을 정리해 놓자면 내가 최소한 나의 출생의 근거를 알았어야 했습니다. 외조부 외조모의 존함이라도 여쭈어 알아 놓았을 것을, 예전에는 왜 이런 생각이 안 났을까?

퍼뜩 떠올려진 그리운 어머니 목소리, 대화는 할 수 없어도 인터넷카페를 이리저리 뒤져서 이 세상에 살아 있는 어머니 목소리를 찾았어요. 나의 시 「태극기」를 소프라노가 가곡으로 부르고 나 자신이 낭송하는 모습 자랑하고 싶어서 2016년 여름에 어머니를 포함해서 가족을 초대했던 일이 생각났습니다. '시 사랑 노래 사랑' 행사에서 사회자의 관객 소개로 얼결에 시 낭송하시던 어머니, 6년 전 어머니 모습과 목소리를 불러왔네요.

어머니는 우연히 사진과 함께 목소리를 생생하게 남겨주셨어요. 6년 전 어머니는 처음이자 마지막 경험으로 무대에 오르셔서 시 낭송하셨지요. 이 동영상과 사진들이 더없이 소중하네요. 이제껏 후배들과 함께 끊이지 않고 시 낭송 공부하며 즐긴 보람이 크다는 생각이 듭니다.

아! 살아 내 곁에 계신 듯 단아하게 한복 입으신 모습으로 변영로의 시「논개」를 숨 차오름도 참으시며 처음부터 끝까지 외워서 낭송하셨어요. 청중들이 감탄했지요. 곁에서 마이크를 대 드리던 제 손이 긴장한 모습이 보이네요. 아! 이 동영상이 저의 보물이 되겠습니다.

저년 시집가서 누구 속을 썩여 줄지 모르겠다!

그저 남의 눈에 꽃으로 보여라, 잎으로 보여라!

사람은 인사 씨가 밝아야 한다, 어른을 보면 공손하게 인사해야 되느니라!

말을 해야지, 암만 뱃속에서 육지배판을 해도 말을 안 하면 아는가!

나는 아들딸 차별하지 않고 똑같이 사랑한다!

이 죽 한 그릇 당숙모님께 갖다 드려라!

어찌 글을 그렇게 잘 쓰지?

아이고! 저놈은 머리에 앉은 먼지도 아까운 놈인데….

너희들 나 죽은 뒤에 눈물 한 방울도 빼지 마라, 나는 누릴 것 여한 없이 다 누리고 간다.

논개

변영로

거룩한 분노는 종교보다도 깊고
불붙는 정열은 사랑보다도 강하다
아, 강낭콩꽃보다도 더 푸른 그 물결 위에
양귀비꽃보다도 더 붉은 그 마음 흘러라

아리땁던 그 아미 높게 흔들리우며
그 석류 속 같은 입술 죽음을 입 맞추었네
아, 강낭콩꽃보다도 더 푸른 그 물결 위에
양귀비꽃보다도 더 붉은 그 마음 흘러라

흐르는 강물은 길이길이 푸르리니
그대의 꽃다운 혼 어이 아니 붉으랴
아, 강낭콩꽃보다도 더 푸른 그 물결 위에
양귀비꽃보다도 더 붉은 그 마음 흘러라

늘 남의 눈에 좋은 모습으로 보이도록 가르침 주시던 엄한 어머니 목소리가 이렇게 그리울 줄은 예전에 미처 몰랐습니다. 얼마 안 있으면 어머니 생신날인데, 지금까지 살아 계셨다면 백수 잔치해드릴 준비로 형제들끼리 이리저리 궁리할 이즈음이기에 더욱 어머니가 그리운가 봅니다. 생신날에 고향 선영을 찾아가 증조부, 조부와 함께 계신 부모님께 술 한잔이나 올려드려야겠습니다. (2022 한국수필작가회 대표작선집 『나를 담는 그릇』)

(2022.06.22.)

어머니 백수 날에

어머니, 이 세상에 오셨던 날을 축하합니다. 오늘이 바로 어머니께서 이 세상에 오셨던 날 음력 유월 스무하루입니다. 두 해만 더 계시다 가셨더라면 저희가 거하게 잔칫상을 마련하여 어머니 백수 잔치하면서 그동안 동고동락하던 고향 친지분들에게 잘 대접했을 텐데 무에 그리 급하시다고 두 해를 못 참고 서둘러 떠나셨단 말입니까?

어머니께서 떠나신 이후 저희는 다 못한 효도에 순간순간 가슴이 아려오지만 어쩌겠습니까? 그래도 어머니께서 환갑을 지날 때 청주 시내 사직동 삼계탕 전문 식당인 '이학식당'에서 고향 동네 어른들께 삼계탕 한 그릇씩 대접해 드린 일을 생각하면 지금 생각해도 그때 그 일은 참 잘했어요. 이제 고향에 돌아가도 모두 어른들은 옛사람이 되어 회인댁 아주머님만 찾아뵙고 인사드리고 옵니다. 아주머님은 건강이 좋지 않으나 어머님 이야기로 꽃을 피우면서 저희 남매를 반갑게 맞아 주시지요.

어머니, 복중에 태어나시느라고 외할머님과 함께 참 고생 많이 하셨겠습니다. 이렇게 더운 날이지만 어머니 생신날은 잊을 수 없어 저희는 아버지 어머니께 간소하게 차린 술 한 잔 엎드려 올려드립니다. 기분 좋게 흠향하소서.

경희는 칠순을 코앞에 두고도 병원 식당에서 영양사로 근무하기 때문에 함께 오지 못하고 갑식 동생과 경애만 대동했어요. 혜량 하소서.

의미 깊은 이 잔칫날에 맛난 떡을 준비했으니 아버님 어머님 기쁜 마음으로 많이 드시오소서. 이 떡을 천식 오라버님이 주선해서 만나게 될 저의 초등학교 4학년 때 담임 엄수남 선생과 갑식 동생 장모님께도 드리려고 더 준비했습니다.

천식 육촌 오라버니와 저의 초등학교 4학년 때 담임 엄수남 선생의 중매로 민갑식과 김영희가 만나 백년해로하면서 어머니를 극진히 모셨던 일은 어머니도 잘 아시지요?

그런데 천식 오라버니의 막내딸과 엄수남 선생의 막내아들이 결혼해서 오라버니는 겹사돈이 되었답니다. 저는 90세가 된 4학년 때 담임 선생님을 뵙고 싶고 사돈을 맺어 서로 오래 적조하던 사이들인 사부인과 오라버니 내외분도 함께 자리하자고 해서 오늘 점심같이 하기로 했습니다.

아버님, 어머님. 우리 형제들 그저 이렇게 세상살이 잘하고 있으니 안심하세요. 미래에도 자손 번성하고 각자 뜻대로 세상 잘 살 수 있도록 부모님의 가호가 있기를 바랍니다. 부모님 계신 세상 언제나 풍요롭고 안락한 자리에서 기쁨 누리시오소서.

2022년 7월 19일 음력 6월 21일 오시에
민영설 정정숙 자녀 갑식 경희 경애 문자 올림

친구를 위한 조사

 벗이여! 이 무슨 해괴한 소식입니까. 언제나 미소 띤 얼굴로 손님을 맞이하며 부동산 사업에 매진하던 그대가 이 세상 사람이 아니라니 믿을 수가 없습니다. 한참 재미나게, 신나게 일하는 모습이 몹시 부러웠는데 어찌 그 일을 그만두고 사랑하는 가족과 벗들은 어찌하라고 말 한마디 남기지 않고 떠난단 말입니까.

 그대와 나는 같은 할아버지 자손으로 DNA가 공통된 것이 많았는지 자매처럼 닮았다는 소릴 많이 들었지요. 그래서 더욱 그대를 잃는 슬픔이 크게 가슴을 흔들어 댑니다. 그대와 나는 얼마나 깊은 인연의 끈이 있으면 어릴 때 같이 자라고 지금도 이웃에서 살고 있을까요.

 가까운 곳에 살면서 나의 삶이 답답할 때 많은 지혜로 문제를 해결해주던 그대, 이제 어디 가서 그대와 같은 인물을 만나 명쾌한 대화를 나눈단 말입니까. 온화한 성품에 손끝이 야물어 가정 살림은 물론 모든 일에 남의 본보기가 되던 그대의 모습만 보아도 편안했었는데 이제는 어찌해야 합니까.

 우리 어릴 때 함께 울고 웃던 벗들이 황망한 얼굴로 여기 모여 참사를 애통해하며 그대 떠나는 길을 전송합니다. 우리의 인생은 황혼이라고 그렇지 않아도 자탄하며 사는 이 초겨울에 그대를 떠나보내는 마음이 아리고 시립니다. 그러나 인생의 별리, 한번 왔다가 가는 것이 철칙인 것을 그대가 다소 먼저 간다는 것뿐이라고 자위합니다.

 벗이여! 그대 이 세상에서 이루지 못한 미련일랑 다 잊으시고 저세상 그대 하느님의 영광 아래 편안히 영면하시기를 기도합니다. 삼가 다시 옷깃을 여미고 그대 가족에게도 위로의 말씀 올립니다.

2012년 11월 19일, 강서초등학교 34회 동창생 민문자 배상

내 집

　우리는 비바람을 피할 수 있는 안전한 집에서 태어나고 평생 그 집이라는 울타리를 중심으로 생활하다 숨을 거둔다. 그래서 사람들은 좀 더 좋은 집을 갖고자 평생 그리 땀 흘리며 방황하는지도 모른다. 그런데 그 집이 내 원하는 대로 소유되기를 거부한다. 심지어는 미꾸라지처럼 빠져 나가기도 한다.

　우리는 원시시대의 움막집을 선사시대박물관에서 본다. 지금도 아프리카나 남미의 오지 원시생활을 영상으로 본다. 나는 그 움막집보다 조금은 더 개선된 농촌의 초가삼간에서 태어났다.

　소녀 시절에는 새로 지은 너른 대청이 있는 기와집에서 살았고, 결혼해서는 도회의 구석진 곁방살이 신혼을 맞았다.

　숙부님 배려로 상가 25평 주택에서 4년, 처음 마련한 우리 집은 대지 63평 건물 22평, 그 돌 붙인 슬라브지붕 아름다운 주택에서 3년의 단꿈도 잠깐 가장의 사업 실패로 옮겨야만 했던 집.

　1977년 처음으로 아파트 생활 15평에서 다시 13평으로 또다시 두 군데의 상가주택 단칸방에서 와신상담. 드디어 25평의 로얄 아파트를 구입해서 3년 살다 내 이름으로 5층 빌딩 신축해 가슴 부푼 꿈의 집도 가져보았고, 59평 아파트에서도 살아보고, 잘 꾸며서 평생 살 줄 알았던 49평 새 아파트도, 가장의 2차 사업 실패로 3년이 한계였어.

　43평 33평 임대아파트 세 군데 거쳐 드디어 장성한 아들과 함께 마련한 집. 18층 고층 아파트 허리 7층 누각에서 10년을 살고 있다. 재테

크 유리한 번잡한 지역으로 이사하자는 아들에게 여기가 천국이니 이 곳에서 눈감게 해달라고 부탁했다.

숨이 다하면 시댁 어른들 발치에 내 집, 이 몸뚱이가 영원히 누워 있을 자리가 기다리고 있다. 내가 돌아갈 수 있는 집이 있다는 것은 얼마나 다행한 일인가. 비록 그곳이 그 무서운 6·25전쟁의 격전지 철원 비무장지대 안이라 하더라도 푸른 하늘 맑은 바람 부는 우청룡 좌백호 명당임에 가슴 설레며 기뻐한다.

(2012.09.23.)

가족

당신은 이 세상에서 무엇이 가장 소중하다고 생각하십니까? 저는 가족이 가장 소중하다고 생각합니다. 부모와 자식과의 관계, 형제 자매간의 관계, 이런 가족이 얼마나 소중한지 우리 함께 생각해 봅시다.

'하나님은 모든 곳에 계실 수 없기에 어머니를 있게 하셨다.'라는 말이 있습니다. 어머니의 역할이 하나님이 하시는 일을 대행할 만큼 소중하다는 뜻에서 나온 말일 것입니다.

우리는 누구나 어머니로부터 탄생하여 가족의 일원이 되었습니다. 그러므로 자연스럽게 가정의 중심 역할을 하는 아버지와 어머니는 가족에게 절대적으로 신앙과 같은 애정과 믿음의 존재입니다. 어머니는 항상 내 자식 잘되라고 기도하십니다. 때로는 아무도 안 믿어주는 세상에서 어머니는 자녀들을 믿어주고 용기를 심어 줍니다. 자신을 위하여 밤낮으로 기도하시는 부모가 기다리고 계신다는 확신이 있으면 일시적으로 방탕하고 방황하는 자식이라도 반드시 제자리로 돌아올 것입니다. 그러므로 어머니의 기도가 있는 자녀는 절대 망하지 않을 것입니다.

두레교회로 유명한 김진홍 목사도 중고등학교 학생 시절에는 품행이 좋지 못하였다고 합니다. 교과서를 팔아 영화관에 가고, 4번이나 가출(家出)하여 2년 가까이 온 나라가 좁다 하고 떠돌아다니곤 하였답니다. 한번은 외삼촌들이 어머니에게 김진홍 목사의 흉을 보는 이야기를 우연히 듣게 되었습니다. 외삼촌들은 김진홍 목사가 문밖에서 듣는 줄도 모르고 어머니께 말하였습니다.

"누님, 진홍이는 인간이 안 되겠어요, 학교는 안 가고 영화관에나 가고 책은 늘 소설 나부랭이나 읽고 그 아이는 장래성이 없어요."

이 말을 들으신 어머니가 답하였습니다.

"걱정하지들 말게, 우리 진홍이는 꿈이 있는 애야, 꿈이 있는 아이는 그릇되지를 않아, 난 그 애를 믿는다."

당시 이 말을 들은 김진홍 목사는 '아, 어머니는 나를 믿어 주시는구나! 어머니의 믿음이 헛되지 않게 하려면 내가 정신을 차려야겠구나!' 이렇게 다짐하고 이발소로 가서 머리를 싹 밀고는 인생을 다시 시작했습니다. 그래서 오늘의 김진홍 목사로 거듭나게 되었습니다.

우리는 부모의 신뢰와 격려의 바탕에서 이만큼이나마 살아온 것입니다. 아무리 어려운 일이 있더라도 이렇게 가족의 소중함을 다시 깨닫고 부모에게 효도하고 형제간에 우애하는 사람으로 살아가야 하겠습니다. 예로부터 '효(孝)는 백행(百行)의 근본'이라 하였습니다. 사람의 인연을 설명할 때 우리는 '겁'이라고 합니다. 사방 16km가 되는 큰 바위 하나가 있는데 그 바위를 백 년마다 한 번씩 옷자락으로 스쳐서 그 바위가 모두 닳아 없어지는 시간을 1겁이라고 한답니다. 8천 겁의 인연이 쌓여야 남남인 사람이 서로 부부의 인연을 맺을 수 있고, 9천 겁의 인연이 쌓여야 형제나 자매로 태어나고, 1만 겁의 인연이 쌓여야 부모와 자식 간의 인연을 맺는다고 합니다. 우리는 이렇게 소중한 인연이 맺어져 부부와 형제가 되고 자매가 되었습니다. 그 인연을 소중하게 생각해야 하겠습니다.

이 시대 현대사회의 진정한 효자, 효부가 많이 나오고 가정마다 형제자매가 우애롭게 살아가도록 하는데 우리가 견인차가 되면 좋겠습니다.

(2013.10.09.)

5부

은혜

어머니의 쌈짓돈

아침 8시면 이른 아침은 아니다. 그러나 요즈음 우리 부부에게는 이른 아침이다. 우리의 인생 팔부능선이 눈앞에 다가와서일까? 하루 걸러마다 일주일에 3회는 신장 투석해야만 하는 환자와 함께 노쇠한 자신의 신체리듬에 의해서 많이 느슨한 생활을 하는 요즈음이다. 화장실에 있는데 느닷없이 전화벨이 울린다. 두 번째 벨이 울려서야 받아 든 전화에서 들려온 것은 뜻밖에도 남동생 목소리였다. 웬일? 그 짧은 순간 머리를 스치고 지나가는 오만가지 생각이 따라온다. 우선 내일 주관하는 송년회 어쩐다? 혹시 어머니께 변고가?

"너무 이른 시간에 걸었나 봐요, 계좌번호 좀 알려주세요. 어머니께서 누님에게 50만 원을 주셨어요. 다리 무릎 아픈 누님 걱정하시면서요. 저에게도 김장하라고 50만 원 주셨어요."

"휴……."

멍한 마음을 추스르고 밥을 지어 늦은 아침 식사를 하였다. 손자녀 상급학교 갈 때마다 입학금과 교복에 신경 쓰시면서 상당한 금액을 주시고 결혼할 때는 일 인당 일백만 원씩 주시더니 지난해에는 사 남매의 배우자들에게는 옷 한 벌 사 입으라고 오십만 원씩 주셨다. 우리 사정을 모르는 사람은 우리 어머니가 큰 부자인 줄 안다.

아침 식사 후 어머님께 동생을 통해서 오십만 원을 잘 받았다고 전화를 드렸다. 어머니 말씀은 우리 사 남매에게도 오십만 원씩 옷 한 벌씩 해주시려고 이백만 원을 모으는 중인데, 우선 칠순이 넘은 우리 남

158

매를 배려하시느라 먼저 모인 금액을 털어 주셨노라고 하셨다. 여동생 둘에게는 이제부터 모아주면 된다고 하셨다.

십 년 터울이 넘는 두 여동생은 쌀밥에 우유 배달시켜 먹이고 비타민에 막내에게는 피아노 교습도 시키셨는데, 시대를 잘못 타고난 우리 남매에게는 늘 못 먹여 키우셨다고 애달아하셨다. 엊그제는 올 농사지은 햅쌀도 20kg짜리 한 포대 보내시고도 마음이 안 놓이셨나 보다. 마음이 부자인 어머니는 매달 손자녀가 푼푼이 드리는 용돈과 어머니날이나 양 명절에 조카들까지 존경의 표시로 드리는 것을 소중히 간직했다가 나누어 주시는 것이다.

학교 문턱에도 가지 못하신 어머니께서 세상사는 지혜는 그 누구도 따를 수 없이 현명하게 일 처리를 잘하시며 살아오셨다. 주변 사람을 늘 사랑으로 대하시니 대소가는 물론 사돈이나 이웃들의 사랑이 심심찮게 되돌아오는 것을 보고 '어머니만큼만 사랑으로 살아야지' 하는 생각이 늘 따른다.

한 번은 이런 일이 있었다. 큰 여동생의 자수성가한 시 조카 되는 분이 금 백만 원을 어머니께 보내왔다. 삼십오륙 년 전 여동생은 직장에 나갔으므로 가정부는 있었지만 어린 조카들을 키우느라 가끔 어머니의 도움을 받았다. 큰 여동생의 시 조카분이 대학생일 때 가끔 친척 집이라고 찾아왔었단다. 그때마다 어머니께서는 친절하게 대해주셨나 보다. 얼마나 감동했으면 몇십 년 후에 자수성가했다고 그럴 수 있을까? 어머니는 처음에는 아무것도 한 일이 없다고 거절하셨다고 한다. 그러다가 지난해에 꼭 받아주십사고 다시 그 백만 원을 보내와서 할 수 없이 받으셨다는 말씀을 들었다.

네 살부터 열세 살 중학교 입학하기 전까지 우리와 함께 자란 사촌 동생은 대학 4년도 고향에 있는 대학교에 다니느라 어머니와 함께 살았다. 그래서일까? 이 동생은 매년 양 명절과 어머니 생신날과 어버이날은 잊지 않고 우리 형제가 드리는 용돈의 두 배를 드리며 갖가지 어머니가 좋아하시는 생선과 과일을 가지고 와서 어머니를 뵙는다. 딱 작은아들 노릇을 한다. 어머니는 이 동생에게도 옷 한 벌 값을 주셨을 것이다.

아마도 대소가의 모든 학생이 책 한 권이나 노트라도 사 쓰라는 작은 용돈을 받은 경험이 있을 것이다. 우리 문중에 환자가 생기면 소액이나마 보태라고 약값을 보내시며, 어찌어찌하라고 지혜의 말씀까지 얹어 주셨다.

어머니는 늘 자랑하시는 말씀이 있다. 당신의 사 남매에서 낳은 손자녀 11명, 증손자녀 12명, 당신 포함 모두 42명이라고 하신다. 그런데 50명을 못 채운 것이 섭섭하다고 하시는 어머니의 말씀을 듣다 보면 그저 고개가 숙연해질 뿐이다. 그래서 어머니의 쌈짓돈은 마를 날이 없는 것이다.

(2019.11.23.)

초겨울이면 더욱 그리운 숙부(叔父)

단풍이 곱던 뒷동산 나뭇가지들 이제는 앙상한 가지들만 하늘을 찌르고 있다. 오늘도 생수를 길러가는 오솔길에 찬바람이 얼굴을 스친다. 미나리꽝을 굴착기가 아름다운 습지공원으로 변화시킨 곳을 스쳐 지나가는데 문득 아주 오래전에 돌아가신 작은아버지 얼굴이 떠올랐다. 생수를 길어다 담근 백김치가 요즘 맛이 잘 들어 김칫국물을 떠먹을 때마다 떠오르던 모습이다.

나에게 작은아버지는 아버지 버금가는 분이다. 맏이인 내가 열다섯 살 중학교 이 학년 때 아버지는 서른아홉 젊은 나이에 세상을 하직하셨다. 위독하다는 소식 듣고 한달음에 달려온 동생에게 아버지는 이렇게 유언을 남기셨다.

"휴암리에 있는 논 열 마지기 네 형수한테 주어라. 너는 그거 아니라도 살 수 있지 않니?"

"예, 아무 걱정하지 마십시오."

인천에서 철물상을 하시던 작은아버지는 그 후 팔순을 바라보는 할아버지와 오 남매나 되는 어린 조카들과 형수의 농사일을 안타까워하면서 고향 청주에 자주 오르내리며 보살펴 주셨다. 모심기나 김매기 때 일부러 내려와 일꾼들에게 담배와 술을 제공하면서 어머니의 힘이 되어 주셨다. 명절 때와 제사 때에도 빠지는 일 없이 참석하셨고 초등학교 교정에 국기 게양대를 설치해 주어 동생들 기를 살려주려 애를 쓰셨다.

어느 날 하굣길, 언덕진 오솔길에 다다랐을 때 집에 오셨다가 청주

시내에 볼일로 나가시는 작은아버지를 만났다. 환하게 웃으시며 탁상시계를 사 왔노라고 말씀하셨다. 뛰다시피 빠른 걸음으로 집에 와 보니 미색의 예쁜 사발시계가 책상 위에 놓여 있었다. 아침 일찍 따르릉따르릉 깨워주던 시계, 우리 집에서 처음 맞이한 시계, 오랫동안 우리 식구들의 사랑을 받았다.

방바닥에 엎드려 공부하는 것을 면하고 책상 앞에 앉아 공부할 수 있던 것도 작은아버지께서 책상을 사 오신 이후였던 것이다. 또 명절 때마다 당신 자식들은 그냥 지나쳐도 할아버지와 우리를 위해서는 하다못해 양말이라도 잊지 않고 사 오셨다.

아버지도 안 계신 넉넉지 못한 집안 형편에 상급학교 진학은 언감생심 꿈도 꿀 수 없을 때 고교진학을 하게 해 주셨다. 대학에 몰래 시험을 쳐 합격하니 또 등록금을 내려보내 주신 분이다. 그 시절에는 학부형이 학교에 찾아오는 일이 극히 드물었는데 얼마나 어린 조카들을 걱정해 주셨던지 대학 일 학년 때 우리 학교와 고교생인 동생학교를 찾아와 주시기도 하셨다.

그리고 초임교사 발령받고 다른 지역 시골 초등학교에 부임해 있을 때에도 여러 가지 맛있는 과자를 많이 사서 찾아오셨던 분이었다. 작은아버지는 나를 생각해서 사 오신 것을 나는 교장 선생님께 모두 가져다 드린 기억이 새롭다. 할아버지를 모시던 우리는 무엇이든 색다른 먹을거리는 어른께 드려야 하는 줄만 알고 있었기 때문이었다.

혼기가 되니 작은아버지는 걱정이 이만저만이 아니었다. 작은아버지 안목에 차는 사람을 찾기가 그리 쉽지 않은 것이었다. 지금의 남편과 만나서 어른들의 허락을 얻을 때의 작은아버지 표정이 웃음을 자아내게 한다. 인천 배다리 산유화다방에서 세 번째 만나는 날, 어머니와 작은아버지가 다른 자리에서 신랑 후보를 숨어 보다가 합격이면 손을 얼굴 위로 들어 표시하기로 약속이 되어 있었다. 이야기가 다 끝나서 나가게 되었는데도 그때까지도 아무런 표시를 보내지 않으시다가 두 분 앞을 지나쳐 나오니 그때에서야 황급히 작은아버지가 손을 들어 신호를 보내시던 기억이 생생하다.

작은아버지가 돈을 많이 벌어서 큰 빌딩 건축 후 아무도 입주하지 않은 상태에서 첫눈 오는 날 약혼식을 잘해 주시고 결혼식장에서 손을 잡고 입장해 주시던 일, 결혼 후에도 어려울 때마다 힘을 보태주시던 분이다. 동생 하나가 일찍 세상을 버려 또 얼마나 애통해하셨는지, 나머지 우리 사 남매가 대학까지 모두 공부할 수 있게 어머니를 얼마나 위하고 도와주셨는지 모른다.

작은아버지는 식혜를 좋아하셨다. 그래서 식혜를 하면 주전자에 담아서 택시를 타고 가져다드리곤 하였다. 어느 해인가 고춧가루 없이 하얗게 담근 총각김치가 그렇게 맛있을 수가 없어 또 택시를 타고 가져다드리니 맛있게 잡수셨다. 우리 가족을 그렇게 사랑해 주시던 분이 내가 결혼해서 칠 년이 되는 해 여름날 저녁, 목욕 후 맥주 한 병드시고 주무시다 홀연히 돌아가셨다. 쉰다섯 밖에 못 사신 것은 청년 시절 일제 징병으로 끌려가 탄광에서 갖은 고초를 다 겪은 후유증인가 싶은 생각이 들었다. 작은아버지 다리를 여러 번 주물러 드린 기억이 있는데 일본으로 끌려가서 고생을 많이 하셨다고 했다.

해마다 기일에 참석해서 숙모와 사촌들과 함께하는 시간으로 작은 아버지의 깊은 사랑을 되새긴다. 홀로 계시는 숙모께 대봉감 한 상자를

163

올해도 보내드리고 쌍둥이 손자를 보셨다는 반가운 소식을 듣고 함께 기뻐하였다. 결혼한 지 칠 년이 지나도록 아이가 없다고 걱정하시더니 한꺼번에 손자 손녀를 보셨으니 숙모도 작은아버지를 먼저 생각하셨을 것이다. 작은아버지가 계셨으면 얼마나 좋아하셨을까.

요즈음 아침저녁으로 맛난 백김치를 꺼내 먹으면서 자꾸 저절로 떠올려지는 작은아버지 얼굴, 며칠 전에는 꿈속에도 나타나셨다. 아마도 올해 특별히 맛있게 담가진 백김치를 다 먹을 때까지 작은아버지 생각이 떠나지 않을 것 같다. 오늘은 더욱 가슴 아프게 작은아버지가 그리워진다. (《한국수필》 2012년 1월호)

숙모님

　낯선 원삼 족두리 차림으로 다소곳이 앉아있던 갓 시집온 신부, 세 살 아기는 스무 살 새댁 숙모님을 할아버지 등에서 처음 만났지요. 울긋불긋한 신부 옷차림이 왜 그리 무섭던지. 할아버지는 속도 모르시고 숙모 곁에 나를 내려놓으려고 하셨어요.

　어머니 따라 삐이익 칙칙폭폭 칙칙폭폭 기적 소리 나는 기차를 처음 타고 인천에 사시는 숙부와 숙모를 찾아가며 다섯 살에 세상 구경 처음 했어요. 처음 보는 라디오에서 사람 목소리가 나와서 놀라자 어른들은 배꼽을 움켜잡았고, 저부싱이빵 부스러기를 먹으면서 바닷가에 나가 배 구경도 처음 했어요.

　일곱 살에 6·25전쟁이 터지자 큰 사촌 데리고 낙향한 숙부와 숙모. 잠시 농사일 거들다 청주 시내에서 쌀장사하셨지요. 여러 가구가 옹기종기 살던 셋집 구석방에서 고생하시던 숙모 모습과 방학 때 어린 사촌들 업어주던 생각이 나네요.

　휴전협정 후 다시 인천에서 철물상을 경영하며 허름한 창고집 살림을 하고도 할아버님께 효도하며 형제 우애는 끝내주시던 두 분이셨습니다.

　어느 날 숙모께서는 새로 나온 인조 양단 치마저고리를 차려입으시고 오셨습니다. 색깔만 다른 똑같은 무늬의 어머니 한복을 내놓던 모습이 지금도 눈에 선합니다. 본견 양단 한 벌 값으로 두 벌을 장만하셨다는 그 거룩한 뜻 어디에 비견될까요?

숙부와 숙모가 고생한 보람으로 전답도 늘리고 가세가 좀 펴지려 할 때, 농사일하시던 서른아홉 아버지가 위장병으로 일찍 세상 하직하셨지요. 서른다섯 어머니와 우리 어린 오 남매에게 하늘이 무너진 일이었습니다. 노환으로 늘 몸 불편하시던 할아버지는 장남을 잃은 충격으로 급기야는 치매 현상이었는지 젊은 며느리가 걱정되셨던지 억지소리까지 하셨어요.

아버지 떠나신 슬픔도 가시기 전에 여덟 살 여동생과 일곱 살 사촌이 일본 모기 뇌염에 걸려 세상 떠나니 불행이 겹쳐왔던 거지요.

숙모가 두 살 터울이던 사촌들 여러 형제 기르기도 벅찬데 아이들 떼어놓고 숙부를 도우며 가게 일을 보시는 중에도 그저 눈물로만 세월을 보내며 농사일을 해야 했던 어머니를 위로해 주시면서 극진하게 보살펴 주셨던 마음 늘 가슴에 간직했어요.

설 추석 명절과 제삿날에는 한 번도 빠지지 않던 숙부님. 제수와 할아버지 잡수실 고기와 카스텔라 우리들의 양말 선물 잊지 않으시고 초가집이던 안채를 헐고 기와지붕으로 재건축해주시며 자주 오르내려 주셔서 어머니와 우리 형제가 기죽지 않고 잘 살고 성장할 수 있었습니다.

할아버지 1966년에 85세로 돌아가실 때까지 극진히 모시던 숙부와 숙모와 그리고 어머니, 이렇게 어른들 모습을 보고 저희는 자랐습니다.

제가 결혼 전에 이미 부를 축적하셔서 학익동 건물과 송림동에 큰 빌딩을 지으시고 도화동에 큰 주물공장과 인천에서 제일 큰 철물도매점을 경영하셨습니다.

가난한 일가친척도 구석구석을 살피시며 사회적으로도 한창 존경받으시던 시절, 현대자동차에서 만든 코티나, 우리 집안 최초의 자동차를 사들여 놓고도 고생하신 보람도 없이 어이없게 55세를 일기로 숙부께서 1977년에 일찍 세상을 떠나셨으니 숙모는 물론 모두가 하늘이 무너지는 슬픔에 어찌할 줄 몰랐습니다.

저는 늘 우리는 10남매라고 생각할 정도로 구분 없이 사랑받았습니다. 저희 학업과 결혼문제까지 이모저모 도와주시고 제 아이들 출생 때에 돌보아 주시던 일 늘 잊지 않아요. 이리저리 마음 써 주신 은혜 어찌 숙부와 숙모 은혜를 잊겠습니까?

그간 어려웠던 세월 사십 성상, 어렸던 사촌들도 이제 다 장년을 넘어섰습니다. 자랑스러운 숙모님의 자손들 헌헌장부로 큰 울타리가 되었습니다. 어려서 함께 자라던 방식동생은 미국까지 이름난 양계왕 된다더니 그 못지않게 큰 사료회사에서 출세하니 언제나 자랑스럽습니다.

할아버지께서는 증조모께 더할 나위 없는 효자셨다고 들었습니다. 할아버지도 더할 나위 없이 효도를 받으시는 걸 우리는 보고 자랐어요. 우리 십 남매도 부모님들처럼 남부끄럽지 않은 자식들이라 생각합니다. 손자들도 장성하고 백수를 바라보시며 구순 생신을 맞이하신 숙모님, 늘 마음으로 존경하며 의지하고 있습니다. 여생도 웃어른들처럼 효도 받으시며 더욱 오래오래 건강하시고 행복하소서.

2017년 1월 7일, 조카 문자 올림

사장어른 영전에

사장어른, 깊은 어둠이 내린 어젯밤 어이 길을 떠나셨습니까? 저녁 진지도 잘 드셨다면서요. 자녀들이 얼마나 황망했을까요. 자식들 모두 불러 모아 놓으시고 눈 맞춤 인사라도 하시고 떠나시지 그러셨어요. 이제 입춘도 지나 경칩이 며칠 안 남았는데 만물이 소생하여 봄노래 부를 때 아닙니까?

안사장어른도 봄 냄새 맡으시며 사장어른 손잡고 봄나들이 나가실 준비를 하셨을 텐데 너무나 허망하실 겁니다. 사장어른께서는 마지막 순간까지도 그 고고한 품격을 사랑하는 가족들에게 잃지 않으시려고 애쓰셨나요. 사랑하는 혈육지정을 어찌 그리 단호히 물리칠 수 있었는지요.

그러나 사장어른, 한 번뿐인 인생 참 잘 살고 가시니 존경합니다. 사랑하는 5남매 모두 훌륭하게 양육하셔서 타인의 모범으로 살게 하신 이 시대의 어른 한 분을 잃으니 슬픔을 이기지 못하겠습니다.

특히 재주 많고 효성이 깊은 신사임당을 능가하는 큰따님 진경산수 화가 정원 김영희를 저희 민문(閔門)에 보내주신 은혜에 깊이 감사드립니다. 항상 사장어른과 안사장어른께 감사한 마음을 품고 계신 저의 모친께서도 어른의 부고를 받으시고 애달파하십니다.

인생은 회자정리. 헤어지기 섭섭하오나 한번 왔다 한번 가는 길. 이제 이 세상의 모든 미련은 다 잊으시고 서쪽 하늘 너머 저세상에서 평안을 찾으소서. 국화꽃 한 송이 올리며 극락왕생하시기를 기원하옵니다.

2017년 2월 27일, 소정 민문자 사룁니다.

유관순 열사의 초혼묘를 찾아서

진천 도솔암에서 법회를 마치고 돌아오는 길에 유관순 열사 유적지를 찾았다. 병천으로 들어가는데 각양각색의 팬지와 금송화 꽃길이 아름답다. 아우내 장터에서 빤히 바라다보이는 유적지에 들어서니 마음부터 경건해진다. 우선 눈앞에 들어오는 것이 유관순 열사 탄신 100주년 기념이라는 현판이었다. 백 년인데 우리는 까마득한 옛날 역사로만 그저 삼월이면 일과성 기념행사만 하고 지나온 것은 아닌지, 태극기 높이 들고 대한독립만세를 외치는 댕기머리 유관순 열사 동상 앞에 서서 경건하게 고개를 숙였다.

오! 장한 님이시여! 당신이 계셨기에 오늘 이 나라 이 겨레가 있습니다. 지금 온 나라가 축구로 들끓고 있습니다. 우리 민족의 저력을 세상에 알렸습니다. 48년 만의 쾌거라고 합니다. 세계가 놀랄 만큼 선진국 수준으로 많이 성장한 조국입니다. 83년 전 이 아우네장터에서 "대한독립 만세"를 부르던 그 맥의 정신이 이어져 온 국민을 결집시킨 오늘이 되었습니다.

님이시여, 기뻐해 주소서. 16강 8강 진출을 지켜주소서. 개최국의 영광을 더욱 빛나게 해 주소서.

"한국의 딸 유관순은 우리나라 정기의 화신이다. 1919년 기미년 3월 1일 어린 여학생의 몸으로 태극기를 높이 들고 나서자 여섯 고을이 향응하고 독립만세를 크게 외치니 왜적의 총칼이 보이지 않고 아우내 장터가 피로 물들었다. 왜병에게 잡힌 몸이 되었으나 자유를 굳게 주장하여 왜적의 재판을 거절하니 적의 법관도 크게 놀랐다. 7년의 최고형을 받고 옥중에서도 용감히 투쟁하다가 마침내 피살되니 그때 나이 겨우 열일곱, 아아 슬프도다. 인간의 생애는 비록 짧으나 천상의 성녀로서 거룩한 그 정신은 이 나라에 수호신이 되어 이 겨레와 함께 영원히 살리로다."(1983년 유제한 글, 동상에서)

동상 앞에는 무궁화 몇 그루와 진달래가 은근한 끈기로 유관순 열사의 넋을 위로하고 있는 듯하였다.『부원건설』이라고 쓴 장막을 친 속에서는 아직도 마련 못한 1919년 4월 1일 그 함성을 기념할 유관순 열사 기념관을 짓느라고 크레인 소리가 요란하다. 83주년이 되는 지난 4월 1일 겨우 기공식을 한 모양이다. 아직도 우리는 국가를 위해 희생한 분들에게 관심이 적고 소홀한 것에 대한 죄책감에 이 발걸음이 부끄럽다.

추모각에는 검정치마에 흰 저고리, 앞가르마에 옥색 코 흰 고무신을 신고 얌전히 두 손을 모으고 계신 좌상을 월전 장우성 화백이 그린 영정을 모셔놓고 있었다. 나는 향로에 향을 꽂고 우러러보다가 고개를 숙였다. 뜰 양쪽에는 어두움이 몰려와 님이 무서워하면 동무해 줄 것 같은 동으로 만든 가로등이 단아하게 서 있다. 님이 좋아하셨을 성싶은 수국이 이제는 탐스러운 꽃송이가 다 진 채로 흔적만 남기고 싱싱한 잎사귀만 무성하게 네 그루나 서 있었다. 주위에는 은행나무, 단풍나무 소나무가 뜰의 조화를 돕고 있었다.

초혼 묘로 올라가는 돌계단 옆에는 열 발짝 혹은 열댓 발짝 간격으로 일 미터쯤 되는 돌 시비가 스물두 개나 서 있다. 님을 위로하고 칭송하는 싯귀들이 자연석에 선명히 새겨져 이곳을 찾는 이로 하여금 깊은 침잠의 세계로 이끌고 있다.

나는 보았소, 당신의 울음을

푸른 하늘 위 진한 아픔의 소용돌이를

나는 들었소, 당시의 외침을

푸른 역사를 지키며 터뜨렸던 한의 찬서리를

애! 민족의 가슴을 울려버린 피맺힌 그 발자취

(이화여고 이정희)

거칠은 이 땅에 외로운 들꽃으로 피어나

굽히지 않는 기상으로

이 나라의 눈부신 아침을 열었도다

(이화여고 허미림)

　분명 이러한 선열들이 있기에 우리나라가 이 지구상에서 이만큼의 자리를 지키고 사는 것이다. 매봉 높은 곳에 초혼묘로 누워 계신 님께 오르는 길 위의 헌시는 하나하나 나의 마음을 뭉클하게도 하고 백옥같이 순진무구하게도 하였다. 진정 경건하지 않을 수가 없었다. 돌아갈 길을 재촉받아 멀리 바라보이는 매봉 정상의 봉화대는 눈빛으로 인사를 하고 총총걸음을 재촉했다. 그리고 경건한 마음으로 머릿속을 정리했다.

진달래꽃 정열을 다 사르지 못하고 가신님아!

이 돌계단 오르내리시며 스물두 개 시를 읊으며

못다 한 애절한 나라사랑의 한!

이제는 억울한 심사 잠재우소서

오직 겨레 뭉쳐 더 든든하게 하나 되게 하소서

님의 영혼의 외침이 언제까지나 우리들 가슴에서 숨쉬리

(2002.06.06.)

어머니 젖

여보! 눈이 아프다, 당신 먹는 월 조금만 남겨줘! 눈병이 나면 어머니가 젖을 짜 넣어주셨는데….

벌써 저세상 가신 지 이십 년이 지났어도 어머니가 그리운가 보다. 참 부러운 모자 관계였지. 결혼 후 한동안 늙은 어머니 무릎에 누워 진기가 다 빠진 쭈글쭈글한 젖가슴을 어린애처럼 더듬던 남편이었다. 막내아들이어서인지 남편에게 유난히 자애롭던 어머님, 저세상에서도 자식 걱정으로 아들을 수호하고 계시는지 안약 대용으로 쓴 유산균 월은 대단한 효험이 있었다. 이렇게 어머니 젖은 성장하는데 필요한 영양분이자 건강을 지키는 예방약이고 치료약이었다.

다섯 살까지 젖을 먹고 자랐다는 남편은 젊어서는 체력이 누구보다도 강건했다. 반면에 나는 어머니 젖이 부족해 할아버지 등에 업혀서 동네 아낙네들에게 동냥젖을 얻어먹거나 암죽으로 자라나 면역성이 약했던지 소화불량으로 잦은 위염의 고통과 학질을 앓으며 잔병치레를 많이 하였다.

나의 자식들에게는 다행히 첫돌까지 알맞게 젖을 먹여 키울 수가 있었다. 찌르르한 느낌과 함께 젖가슴이 부풀어 오르면 어김없이 젖을 먹일 때가 되었다는 신호로 아기가 울었지. 어미 품에 안겨든 아기는 젖만 입에 대주면 흡족해했다. 젖먹이가 눈곱이 끼면 먹이던 젖을 눈에 짜 넣고 닦아주었다. 우리가 젊은 시절에는 보통 형제나 남매끼리 서로 어미젖을 한 번이라도 더 만져보려고 다투기도 하고 어떤 아이는 젖을

173

떼고도 빈 젖이라도 빨고 싶어 했다.

유아의 모든 욕구불만을 해결해주는 것이 어머니의 젖이었다. 세상에 가장 성스러운 모습이 아기에게 젖을 먹이는 어머니 모습인데 이제는 이런 모습을 보기가 힘들다. 시설이 좋고 먹거리가 풍부한 현대에는 자녀도 적게 낳고 자신의 몸매를 가꾸느라 수유하지 않는 풍조가 늘고 있다. 생명의 근원인 모유 수유가 출생률이 줄어드는 세태에 따라 모자간의 사랑의 농도도 옅어져 가는듯해 안타깝다. 어머니 젖은 영원한 그리움이자 사랑이다.(『나는 바람입니다』, 한국문협 한국수필분과 회장 지연희 외, 5매 수필의 의미학)

(2017.09.23.)

흑임자 인절미

우리가 먹는 음식은 우리 몸을 이루어 놓는다. 이제까지 셀 수도 없는 여러 가지 음식의 종류와 그 양이 나의 몸을 형성해 놓은 것이다. 음식에는 주식과 간식이 있는데 누구나 맛 좋은 음식을 선호하게 마련이다. 나는 떡을 좋아한다. 그리고 인절미를 좋아한다. 인절미 중에 흑임자인절미를 좋아한다. 어머니는 우리가 자랄 때 간식으로 인절미를 자주 해주시곤 했다. 술 고두밥을 찔 때 찹쌀을 위에 얹어 미리 준비해 두었던 콩고물에 묻혀서 쉽게 인절미를 만들 수 있었기 때문이다. 할아버지께서 여든다섯에 돌아가실 때까지 술을 좋아하셔서 어머니는 가양주를 늘 끊이지 않고 빚어드렸다.

또 조상님의 기일이나 우리들의 생일이면 공들여 색색의 고물을 입혀 인절미를 만들어 주셨다. 맏딸인 나는 찹쌀을 물에 씻어 불리고 고물을 장만할 때부터 고두밥 찔 때 불 지피는 일, 절구에 찧어 인절미를 고물에 묻히는 일등 어머니를 많이 도와드렸다. 콩을 볶아 가루 낸 노란 콩고물부터 동부를 기피 낸 하얀 인절미와 팥고물 그리고 흑임자 고물을 입힌 검은색 등 여러 색깔의 인절미를 만들던 추억을 간직하고 있다. 어머니는 검정깨가 값이 비싸서인지 희금재 인절미라면서 내가 제일 좋아하는 흑임자인절미는 자주 못 해주셨다.

그런데 어느 해 송년모임에서 그 귀한 흑임자인절미를 한 상자 선물로 받았는데 그렇게 맛있게 먹을 수가 없었다. 그래서 그 떡집을 찾아가서 몇 상자 구입하여 어머니께도 가져다드리고 존경하는 분들과 아주버님 팔순 상에도 올려드렸다.

오늘은 5월 셋째 일요일이다. 어제 택배로 주문한 따끈따끈한 흑임자인절미 다섯 상자가 생각보다 일찍 도착했다. 한 상자를 얼른 열었다. 아침식사 대용으로 안성맞춤이었다. 매달 셋째 일요일이면 팔순을 훌쩍 넘긴 형님 내외와 사촌 시누이와 우리 부부가 맛있는 점심을 같이 하는 날이므로, 서둘러 시간에 맞추어 명동의 유명 중국 요릿집으로 나가야 했다.

아침부터 비가 계속 내렸다. 흑임자인절미 세 상자를 잘 싸서 둘러메고 우산을 받쳐 들고 마을버스 타고 개봉역에서 1호선 전철로 갈아탔다. 서울역에서 4호선으로 다시 갈아타고 젊은이들만의 삶의 현장인 듯한 명동 거리를 지나쳐 한편에 자리한 약속 장소를 찾았다. 다섯 명이 둘러앉아 인사를 마치자마자 형님께 먼저 흑임자인절미 한 상자를, 그리고 사촌 시누이한테도 한 상자를 건네 놓고 집에 가서 먹어보라고 하였다.

여러 가지 해물 잡탕밥으로 맛있는 점심식사를 끝내고 잠시 담소를 나누다가 헤어졌다. 형님 내외는 동두천으로 시누이는 노량진으로 각각 전철 타는 것을 전송하고 우리 부부는 명동거리를 걸었다. 거리 상인들의 상품이 대부분 먹을거리 일색이다. 우중에도 리어카에 비닐장막을 치면서 커피, 과일, 주스, 여러 종류의 튀김 요리, 도넛, 계란빵 등, 손님맞이를 하는 모습들이 어떻게든 살아보려고 애쓰는 잘생긴 젊은이들의 치열한 열정이라 생각되어 가슴이 뭉클했다.

'인생은 역시 우리 몸을 지탱해 주는 먹거리 전쟁이구나!'

우리 부부는 십여 년 전부터 존경하는 문인화가 선생님과 소설가 사모님이 입원해 계신다는 김포신도시의 요양병원을 찾아가기 위해서 2호선 을지로입구역에서 승차하고 합정역에서 하차하여 버스정류장에서 김포신도시 구래역환승센터 근방에 있는 요양병원을 찾아갔다. 처음 찾아든 김포신도시는 서울보다 더 서울 같은 신도시로 태어나는 중이었다. 아직 개통되지 않은 전철역마다 점검 중이라는데 주변 거리에는 많은 인파가 출렁였다.

사십 분만에 도착한 구래역 버스환승센터에서 물어물어 요양병원에 도착하고 보니 생각보다 입원해 계시는 두 분 선생님은 양호한 편이었다. 사위가 병원장이고 아침 점심 저녁 하루 세 번씩 들려준다고 사위 자랑을 하시니 안심이 되었다. 두 분께 나머지 흑임자인절미 한 상자를 내놓으니 맛있게 드셔서 기분이 참 좋았다. 저녁 식사를 함께하자고 식당에 예약을 하신 것을 취소시키고 약간의 위로금을 드리고 귀가하려고 버스정류장을 찾아 나왔다. 그런데 그 두 분이 지름길로 먼저 나와 계시는 것이 아닌가. 입원해 계시는 팔순의 노쇠한 환자가 약 700미터나 되는 거리를 달려 나오게 한 힘은 어디에 있던가. 말로 표현을 안 해도 소통이 잘 이루어진 관계라는 기쁨을 표현하신 것 같다. 좋은 인연이라는 것은 서로 간 머리로 마음으로 잘 통할 때 이루어진다.

우리는 살면서 누구나 수많은 사람을 만난다. 부모 형제는 물론 스승과 친구와 배우자 그리고 자식이 있으며 그냥 스치는 인연도 있다. 그중에 인격적으로 존경스러운 분이나 잊지 못할 정도로 내게 잘해 준 너무도 고마운 사람과는 오래도록 좋은 인연으로 남기를 바라는 것은 인지상정이다.

김포에서 송내역 가는 버스를 타고 송내역에서 용산행 급행 전철을 타고 개봉역에서 내려 다시 마을버스로 집에 도착하니 2시간이나 걸렸다. 우리 부부가 집에서 11시에 나가 7시까지 8시간이나 지나서 귀가했으니 만성신부전증 환자인 남편에게는 상당히 무리한 하루였다. 그래도 그의 핏줄을 만나고 우리가 병원에 입원해 있는 존경하는 두 분을 한 번이라도 함께 찾아뵐 수 있던 것은 서로 마음이 통하는 기쁨이 있었기 때문이다.

귀가 도중에 형님으로부터 문자메시지가 왔었다.

'떡이 아주 맛있네, 고마워!'

시누이도 전화를 걸어왔다.

"언니, 인절미 아주 맛있네, 저녁으로 먹어도 좋겠어요."

오늘은 흑임자인절미가 소통 역할을 잘한 날인 것 같다. (《한국수필》 2019년 7월호)

내 마음의 고향, 강서초등학교

여덟 살 되던 해 어느 봄날이었다. 아버지 손에 이끌려 난생처음 학교라는 곳에 왜 가는지도 모르고 따라갔다. 언니 오빠도 없는 맏이로 TV는 물론 라디오도 없는 집에 태어나서 듣고 본 것이 없어 아무것도 모르는 상태였다. 지금 생각해 보니 사전교육을 받지 못하고 초등학교에 입학했던 것이었다. 6·25전쟁이 일어난 다음 해, 어려운 시기에 입학을 했던 것이다.

학교에 갈 때에는 왼쪽 가슴에 손수건과 이름표를 달고 갔다. 당시는 코침을 질질 흘리는 어린이가 대부분이어서 손수건이 꼭 필요했었다. 처음 맞이하는 담임선생님은 긴 머리 파마를 한 여자 선생님이셨다.

선생님께서 "앞으로 나란히!" 하고 구령을 붙여 두 팔을 들어 어깨와 평행되게 똑바로 세우셨다. 나는 아무것도 몰라서 열 손가락을 쫙 벌리고 서 있던 기억이 떠올라 지금도 부끄럽기 짝이 없다.

어느 날은 공책과 연필을 준비하고 이름을 써보라 할 때 이름도 못 써 쩔쩔매니 선생님께서 다가오셔서 가르쳐주시던 기억이 난다. 숫자도 10까지나 세어보고 갔었는지 모르겠다. 자신의 이름도 쓸 줄도 모르고 학교에 왜 가는지도 모르고 준비 없이 학교에 입학했던 것이었다.

그렇게 입학을 한 후 고학년으로 올라갈수록 공부 잘한다는 소리를 듣고 4학년 때에는 졸업생을 위한 학예회 때 연극반에 뽑혀 흥부아들로 무대에도 서 보았다. 5학년 때에는 졸업생들에게 재학생 대표로 송사를 낭독했고 6학년 졸업할 때는 우등상을 탔다.

우리 학년은 1, 2학년 때 남자가 약 80명으로 1반이고 여자가 40명으로 2반이었다. 지금 강당 건물 뒤쪽에 외따로 있던 큰 교실에는 1반 남학생들이, 그 옆 작은 창고교실에서는 우리 2반 여학생들이 공부를 했다. 2학년 때까지 의자도 없이 마룻바닥에 앉아 앉은뱅이책상에서 마분지 같은 질 낮은 공책을 사용하였다. 모든 학용품과 물자가 귀하던 시대였기에 그림을 그릴 때는 6색 크레용이 전부였다.

　그 당시 위궤양으로 고생을 많이 하시던 올드미스 신숙현 담임선생 님께서 1, 2학년을 이어서 그 창고 교실에서 가르쳐 주셨다. 2학년 때, 선생님께서는 우리에게 교실 뒤쪽에 양동이 2개를 가져다 놓고 소변을 보게 하셨다. 공부를 하다가도 오줌이 마려우면 교실 뒤쪽에 놓인 양동이에 엉거주춤하게 엉덩이를 들고 소변을 보던 일, 지금 학생들이 상상이나 할 수 있을까. 그렇게 해서 받은 오줌통을 나이 많고 키 큰 어린이 둘씩 낑낑거리고 선생님과 함께 들고나가 실습지 채소밭에 거름으로 주었다. 지금까지도 그 선생님으로부터 겨울철에 배운 동요가 잊히지 않는다.

눈, 꽃, 새

하얀 눈 하얀 눈 어째서 하얀가
마음이 맑으니 하얗지

빨간 꽃 빨간 꽃 어째서 빨간가
마음이 예쁘니 빨갛지

파랑새 파랑새 어째서 파란가

파란 콩 먹으니 파랗지

2학년 때 추운 겨울 학예회 준비로 점심 도시락을 싸가지고 다녔다. 나는 집에서 농사지은 검정 밤콩 섞인 쌀밥을 싸가지고 가면 선생님은 당신 도시락과 바꾸어 먹자고 하셨다. 선생님 도시락은 하얀 안남미 끈기 없는 쌀밥이었는데 아마도 전쟁통에 배급받은 쌀이었던 것 같았다. 이제는 맛있는 음식 자주 사 드릴 수 있는데 어디 계실까? 지금까지 살아계신다면 100세가 다 되셨을 것이다.

3학년에 올라가서는 남녀 합반으로 큰 교실에서 공부할 수 있었다. 화장실 건물은 우리 학년 교실과 본관 쪽으로 가는 교사(校舍) 사이에 별도로 있었다. 그때는 변소라고 불렀는데 마룻바닥이 다 낡아 구멍도 나고 잘못하면 풍덩 빠지기 쉬웠다. 청소할 때는 대부분 변소 청소를 하기 싫어 억지로 하려다 보니 양동이로 물을 많이 퍼다 끼얹어 배설물보다는 물이 많았다. 대변을 볼 때는 첨벙 대는 소리와 함께 오물이 튀어 오르기 십상이라 엉덩이를 번쩍번쩍 들며 용변을 보아야 했다.

교실 크기와 남녀 학생 비율이 불균형인 우리 학년인지라 4학년과 5학년 때도 우리 여자반은 작은 창고 교실에서 공부를 해야 했다. 여자에 대한 호기심이 강한 남학생들의 짓궂은 장난이 몹시 심했다. 여학생들이 모래주머니 받기 놀이를 하면 채어가고 고무줄 놀이를 하면 주머니칼로 잘라 달아나기 일쑤였다.

5학년 때에 담임선생님은 성적이 좋지 않은 친구들에게 점수가 잘 보이도록 두 손으로 시험지를 이마에 대도록 하고 1반 남자 교실을 다녀 오게 하였다. 아마도 수치심을 느껴 공부를 열심히 하게 한 것일 게다.

창고 교실의 가장 잊지 못할 추억은 오랫동안 오들오들 떨며 큰소리 로 읽기 연습을 했던 것이다. 그것은 선배들 졸업식에 내가 재학생 대 표로서 많은 내빈과 졸업생들 앞에서 낭독한 「송사(送辭)」였다.

6학년 때에는 본관 교무실 옆에 위치한 좋은 교실에서 공부를 할 수 있었다. 우리 학년을 남녀 합하여 똑같이 1, 2 반으로 나누어 한 교실에 남자 세 줄, 여자 한 줄씩 앉혀 남녀 공학을 시켰기 때문이다. 이때는 또 얼마나 남자들이 짓궂게 굴었는지 개구쟁이들은 여학생들에게 침을 톡 톡 뱉는 등 못살게 굴어 싸움이 자주 일어나곤 하였다. 그러던 우리 34 회 동기생들이 졸업 후 성년이 된 후에는 남녀 서로 일 년이면 몇 차례 씩 만나 애경사를 챙기고 여행을 함께하는 돈독한 정을 나누고들 있다.

입학 당시에 숫자 열도 제대로 못 세고 자신의 이름도 못 쓰던 어벙 이, 15살에 아버지가 일찍 세상을 하직하셔서 우울한 세월을 보냈다. 그래도 그 시대의 몇 안 되는 행운아로 청주여중 청주여고 청주교대에 서 공부하고 초등학교 교사를 수년간 하였다. 그 후 문학에 빠져 취미 생활을 오래 하다 보니 시인이 되어 전자책과 종이책으로 나온 저서 10권을 간직하고 있다. 강서초등학교 도서실과 총동문회 사무실에 이 책들이 비치되어 있으니 후배들에게 다소나마 도움이 되면 좋겠다.

초등학교를 졸업한 지 어언 63년이 흘러갔다. 전통적인 농촌이던 이 지역이 시대의 변화에 따라 상전벽해(桑田碧海)가 되었다. 가난하던 시 대에 창고건물에서 공부하던 내가 3, 4층의 현대식 건물로 크게 발전 한 모교를 바라보는 마음은 감개무량하다.

본관 가운데에 있는 국기 게양대가 내 눈에 띄었다. 해마다 10월 3일 총동문회가 열리는 날 참석하게 되면 나도 모르게 발길이 그곳으로 옮겨진다. 돌아가신 지 43년이나 된 숙부님의 사랑 어린 흔적을 살펴보기 위해서다.

'강서면 용정리 민영직 기증. 서기 1963년 8월 15일'

오랜 세월이 흘렀어도 낡았다고 버려지지 않고 새로 학교를 건축하거나 증축이 되었어도 본관 입구에서 자리를 지킨 국기 게양대, 여간 고맙지 않다.

우리 가족에게는 특별한 의미가 있는 이 태극기가 펄럭이던 국기 게양대는 나의 어린 동생들이 이 학교에 다닐 때 작은아버지가 기증한 것이었다. 그것은 멀리 인천에서 사시던 작은아버지가 어린 조카들을 위해서 아버지 대신 최선의 역할을 해주신 것이었다. 철물상을 하시고 계셨는데 국기 게양대를 공작소에 부탁 주문 제작한 후 150km를 운반해 온 투박한 철 구조물, 그래도 당시에는 보기 드문 훌륭한 기증품이었다. 숙부님은 1977년 돌아가셨으나 그분의 바람대로 어린 동생들도 잘 자라 칠순을 바라보며 나름대로 역할을 잘하며 살아와서 참으로 고맙다.

강서초등학교는 나의 삶 나의 인생의 출발지로 새싹을 피워 올린 곳이므로 영원한 내 마음의 고향이다. 다가오는 100주년 기념 10월 3일 동문 체육대회에는 꼭 참석해야겠다.

(2020.06.12.)

사장 어르신께, 추석을 맞이하여

이제 써늘한 바람에 옷깃이 저절로 여며지는 가을, 한가위를 맞이하니 저의 모친 대신 사장 어른 얼굴이 떠오르는군요.

추석을 맞이하여 그동안 적막하던 댁에 자녀분들이 모두 모여들어 얼마나 기쁘신가요? 저의 모친께서는 세상을 아무 미련 없이 초연하신 모습으로 담담하게 세상을 하직하셨습니다. 봉은사에서 사십구재를 정성껏 모신 것을 끝으로 단장을 에이는 혈육의 정을 모두 하늘로 날려보낸 듯 허전하지만 어쩌겠습니까? 지금쯤은 62년 전부터 하늘나라에서 기다리고 계시던 부친께서 마중하셔서 안락한 자리에 안착하셨으리라 믿으니 안심이 되기도 합니다.

모친께서는 저희에게 아무런 정신적인 부담을 느끼지 않도록 너무도 청정하게 깨끗이 청소하시고 떠나셨습니다.

어르신, 참 감사합니다. 이는 모두 올케가 어머니를 극진히 안락하게 잘 모셔준 덕택입니다. 그 긴 세월 한 번도 올케의 허물을 말씀하신 바 없고 늘 올케가 잘해 준다고 만족해하셨습니다. 그러니 정원 김영희 올케를 잘 가르치시고 길러서 저희 가문에 보내주심에 어르신께 감사합니다.

저희 모친은 평상시에 당신 사후를 이렇게 당부하셨습니다.

"나 죽은 후에 눈물 한 방울도 빼지 말고 슬퍼하지 마라, 나는 모든 것을 만족하게 누렸다."

돌아가시는 날까지 청정한 모습, 아름다운 모습 그대로 간직하시고 떠나신 어머니를 존경하며 그토록 온전한 모습으로 떠나실 수 있도록 정성껏 모신 동생 내외에게 늘 감사합니다.

이제 올케의 예술적인 재능을 발휘하는 즐거운 시간 많이 누리기를 응원합니다. 어르신께서도 부디 효성스러운 자손들과 즐거운 시간 많이 나누시고 오래오래 만수무강하소서.

2020년 추석을 맞이하여, 소정 민문자 올림

거짓말

　어느 사람이고 일생 거짓말을 한 번도 안 하고 산 사람은 없을 것입니다. 하다못해 좋은 거짓말이라도 한 번쯤은 했을 것입니다. 거짓말은 우선 나쁘다는 부정적인 단어로 우리에게 인식되어 있습니다. 그래서 우리가 자랄 때는 학교 선생님들이나 부모님들은 어린이가 정직한 사람으로 자라기를 바라며 훈육했습니다. 거짓말을 자주 하면 거짓말쟁이라고 놀림을 받으니까 대부분 참말만 하고 살려고 하였지요.

　하지만 반세기가 훌쩍 지나고 본 요즈음 세상은 한두 번 하던 작은 거짓말이 버릇되면 바늘도둑이 소도둑 되듯 웬만한 거짓말은 농담처럼 인식하게 되었습니다. 힘 있고 권력이 있으면 웬만한 거짓말은 거짓말 축에도 못 끼게 된 세상에 이 시대 부모들의 자녀교육이 더욱더 힘들게 되었습니다. 산업의 발달로 농촌인구는 줄고 대부분 도시로 몰려와 저마다 성공해서 잘살아보겠다고 출세 지향 제일주의가 되다 보니 웬만한 거짓말은 양심에 가책도 안 받는 모양입니다.

　'윗물이 맑아야 아랫물이 맑다.'란 말이 무색하리만큼 세상이 변해 있습니다. 우리가 자랄 때는 어른의 말씀에는 순종해야 한다고 배웠습니다. 정체성의 혼란으로 점점 교육이 힘들어질 것입니다. 의식이 바른 젊은이가 바르지 못한 어른들의 말씀을 기꺼이 수긍하게 될까요? 약속은 지켜져야만 하는 것인데 책임 있는 사람들이 내뱉어 놓은 말이 남아 일언 중천금인 줄 알았다가 거짓말이 되어버린 세상에 어떤 말을 믿을 수 있겠습니까?

가끔은 좋은 거짓말을 해서 주위를 훈훈하게 하는 경우도 종종 있습니다. 해마다 연말이면 가난한 사람을 위해서 자신을 숨기고 돈이나 쌀을 익명으로 주민자치센터로 보낸다는 소식을 듣습니다. 이들은 자신의 선행을 누가 알까 몰래 하느라 이리저리 얼마나 궁리를 많이 했을까요?

나에게도 잊지 못할 거짓말에 대한 추억이 하나 있습니다. 결혼해서 두 남매를 낳아 기르던 사십오 년 전 일입니다. 그 시절 경제력이 동생보다 못한 우리 집에 남편이 어느 날 대우 세탁기를 사들여 놓았습니다. 손빨래하다가 세탁기를 사용해 보니 참 좋았지요. 그런데 친정 남동생 부부에게는 여동생 둘이 얹혀살면서 대학교에 다니고 있었습니다. 시골에 계신 홀어머니의 맏딸인 나는 공연히 올케에게 나만 세탁기를 사용하는 것이 대단히 미안한 생각이 들었습니다. 똑같은 세탁기를 사서 동생 집에 보냈습니다. 당시 나에게는 거금이라 불편해할까 봐 궁리궁리하다가 복권 당첨에 세탁기를 받았다고 하였지요. 지금은 흔적도 없는 그 세탁기를 참 오래도 썼습니다. 동생들은 그때 그 나의 거짓말을 지금껏 참말로 알고 있을까요? 궁금하네요.

어머니 돌아가시기 일 년 전에 아들이 우리 집에 세탁건조기를 사서 보낼 때, 외할머니 모시고 계신다고 제 외숙모에게도 세탁건조기를 사 보냈다고 말했어요. 옛날 거짓말하면서 세탁기를 사서 보낸 일을 오랫동안 잊고 지내다가 그때 기억이 되살아났어요. 그 대우 세탁기가 우리 집에서는 남매를, 친정에서는 대학생인 여동생 둘과 조카 삼 남매를 기르는 데 큰 역할을 하였으므로 보람 있는 물건으로 대접을 많이 받았습니다.

우리 어머니는 어릴 때 무엇 무엇을 해달라고 하면 해줄 수 있는 것만 약속하시고 불가능한 것은 절대로 약속을 안 하셨습니다. 그래서 나는 어른은 참말만 하는 줄 알았습니다. 그러나 성인이 되고 보니 아무런 죄의식도 없이 거짓말을 자주 많이 하는 어른들, 지킬 의지도 없이 약속을 남발하고 지키지 않는 사람이 많은 것을 보았습니다.

그래도 어려운 환경 속에서도 약속을 지키기 위해서 최선을 다하는 사람이 더 많으니 이 세상이 이만큼이나마 굴러간다고 생각합니다. 약속을 잘 지키는 사람은 정직합니다. 그런 사람을 보면 저절로 존경하는 마음이 생깁니다. 거짓말을 안 하고 바른 모습으로 생활하면 서로 믿는 사람이 많은 사회로 살기 좋은 세상이 될 것입니다. 거짓말은 하면 할수록 늘지요. 아무런 양심의 가책 없이 습관화되면 비도덕적인 사람으로 낙인찍히게 되기에 십상입니다. 거짓말쟁이는 사회에서 왕따를 당하거나 범법자가 될 수도 있으니 모두가 거짓말은 하지 말고 바른말만 하면서 정직하게 살았으면 좋겠습니다. 그러면 범죄자 없는 사회, 살기 좋은 밝은 사회가 이루어질 텐데, 헛된 꿈인가요? (2021 한국수필작가회 대표작선집 『4번선 없는 기타』)

(2021. 05.17.)

선생님

선생님! 얼마나 신선하면서도 경건한 단어인가, 내가 처음 만난 선생님은 여덟 살 때 초등학교에 들어가서 일 학년 담임으로 만난 노처녀 선생님이셨다. 지금도 눈에 선하게 보이는 목덜미까지 내려온 긴 파마머리에 미소 띤 얼굴로 풍금을 치면서 '눈, 꽃, 새' 노래를 가르치시던 추억을 더듬는다.

하얀 눈 하얀 눈 어째서 하얀가
마음이 맑으니 하얗지
빨간 꽃 빨간 꽃 어째서 빨간가
마음이 예쁘니 빨갛지
파랑새 파랑새 어째서 파란가
파란 콩 먹으니 파랗지

1학년과 2학년까지 2년간 가르쳐주셨는데 70년이나 지났으니 이 세상에 계시기나 할까? 겨울날 학예회 준비에 점심 도시락을 열면 내 밥은 검정 밤콩이 드문드문 섞인 밥이었고 선생님 도시락은 끈기 없는 길쭉한 안남미 쌀밥이었는데 선생님은 자주 당신 밥과 내 밥을 바꾸어 먹자고 하셨다. 6·25전쟁 직후라 모든 물자가 귀하고 나라 살림이 외국 원조에 의탁하던 시절인지라 아마도 그때 교사들 월급을 안남미로 주었거나 선생님 생활이 곤궁하셨을지도 모른다. 사무치도록 그리운데 왜 진즉 선생님을 찾아볼 생각을 못했을까?

3학년 때 선생님은 3남매나 거느리신 어머니 선생님이셨다. 바로 학교 옆에서 살림하시면서 우리 반 담임을 맡으셨는데 참 자애로운 품성을 지니셨었다. 예쁘고 얌전하다고 선생님이 자주 머리를 쓰다듬어 주시던 기억이 엊그제 같은데 선생님 안부도 오늘에서야 궁금해하니 이 얼마나 한심한가.

4학년 신학기에는 갓 사범학교를 졸업하고 부임하신 신참 여선생님이셨다. 목련화처럼 환한 얼굴이 지금도 눈앞이 다 환해지는 듯한 느낌을 받았는데 어머니가 서모라는 소문을 들었다. 장화홍련전의 동화 탓일까? 그 어머니 별명이 '땡끼'라 하여 공연스레 선생님을 걱정하기도 했지.

5학년에 올라가서 처음으로 남자 선생님을 만났는데 이 선생님은 음악을 얼마나 좋아하셨는지

우리에게 매일이다시피 풍금을 옮겨오게 하고 선생님은 해 저물도록 노래를 가르쳐주셨다. 그때 배운 것이 '바위 고개', '성불사의 밤', '즐거운 나의 집', '친구의 이별', '나의 벗' 등이었다.

6학년에 올라가서는 남녀 합반이었는데 담임선생님은 키가 작은 남자 선생님으로 자애로운 아버지와 같은 분이셨다. 남학생 여학생이 자주 다투어도 큰 소리 내시지 않고 빙그레 웃으시면서 다독여 주셨다.

초등학교를 졸업하고 중학교 고등학교 대학교 또 일반 대학의 경영자과정에서 좋은 선생님을 참 많이도 만나 공부하였다. 그 많은 선생님의 가르침에 힘입어 오늘의 내가 이렇게 소소한 행복을 누리고 있는 줄 아는데 딱히 어록이라고 기억되는 것은 한 말씀밖에 없다. 초등학교 졸

업식장에서의 교장 선생님 말씀이다. '학행일치(學行一致), 배운 대로 행하라' 검정 두루마기의 멋진 노신사, 말 한마디도 나누지 않은 큰 선생님 말씀이 나의 일생을 지배하였다. 배운 대로 모두 실천은 하지는 못했지만 그 말씀은 나의 등불이었다.

'선생님'이란 이 단어는 얼마나 성스러운 단어인가, 넓은 의미로는 아무리 나쁜 인간이라도 본받을 만한 점이 있을 테니까 누구나 선생님이 될 수가 있다. 그러나 '선생님'이란 직업은 일정한 자격을 갖추어야 한다.

어머니께서는 우리 4남매를 키우시면서 선생님이 되기를 바라셨다. 같은 돈이라도 선생을 해서 벌어온 돈이 값지다고 말씀하셨다. 그러고 보니 어머니의 바람이 그대로 이루어진 것인가, 남동생 대신 올케와 내가 초등학교 선생의 경력이 있고 두 여동생은 고등학교 교사 경력을 가지고 있다.

부끄럽게도 그렇게 성스러운 직업을 오래 하지 못했는데 황혼 녘에 들어서서 허울뿐인 선생님 소리를 가끔 들으니 이현령비현령(耳懸鈴鼻懸鈴)으로 자위할까.

그 많은 나의 선생님 중 단 한 분의 소식을 접하고 지난달에 고향 청주로 달려가서 68년 만에 아름다운 해후(邂逅)를 가졌다. 키가 많이 작아지신 한송이 목련화 선생님, 4학년 때 담임 선생님께 넙죽 큰절을 올리니 두 손 맞잡아 일으켜 주셨다. 어린 시절 수많은 스승 다 어디 가셨는지 철들자 노망든다던가. 너무 늦은 깨우침이다. 이제야 스승님들 안부가 궁금한데 구순이나 팔순이나 도긴개긴 황혼 열차에서 오직 한 분 만나 뵙는 행운을 얻었다. 선생님은 소녀처럼 상기된 얼굴로 감격에 겨워 '또 만나자, 자주 만나자.' 하시더니 귀가 후 바로 전화를 주셨다. 반가운 사람이 되어 선생님을 기쁘게 해 드리고 자신도 기뻤으니 이것이 바로 행복이 아닌가.

(2022.08.04.)

품격있는 생활

모든 물질은 그 사물의 독특한 성질과 품격을 지니고 있습니다. 사람에게는 타고난 성품과 그 사람에게서만 느낄 수 있는 사람 됨됨이가 있습니다. 사람뿐 아니라 세상에 존재하는 모든 것은 그 가치가 지닌 등급이 있는 것이지요. 우리는 과거에는 의식주를 해결하는 것만도 버거워 일반 서민은 모든 생활에 있어 근검절약이 최고의 선으로 생각하며 살았습니다. 제가 초등학교에 다닐 때만 하더라도 세끼 밥을 먹는 집은 부자이며 식량이 없어 굶는 사람도 있고 죽이나 국수로 끼니를 때우는 가정이 많았습니다.

'수염이 석 자라도 먹어야 양반이다.' 이런 속담도 먹고 살기 어려웠던 시대의 산물입니다. 구멍 난 옷을 꿰매 입는 것은 보통이고 '단벌 신사'라는 말이 있을 정도로 옷감도 귀했습니다. 시장에서는 맞춤 양복점과 양장점이 많았고 지금처럼 손쉽게 구할 수 있는 기성복이 발달하지 못했습니다.

저는 초등학교 4학년 때부터 어머니가 구멍 난 버선이나 양말에 헝겊을 대 시침해주시면 감침질하는 바느질을 했습니다. 시집가서 어떻게 빨래 손질을 할 것이냐고 질책하실 때는 세탁소에 맡기면 된다고 했던 생각이 납니다. 그때는 까마득한 희망 사항이었지만 지금은 정말로 웬만한 것은 세탁소에 맡기며 살고 있네요.

이렇게 보릿고개와 헐벗은 사람이 많던 시대, 1960년대 들어서서 박정희 대통령이 '우리도 한번 잘살아보자'라며 새마을 운동을 일으켜 온 국민의 호응으로 지금은 우리가 반만년 만에 제일 잘 사는 나라로 발전하여 세계만방의 후진국들의 부러움을 사고 있습니다. 선진국들이 몇백 년 걸려서 이룬 경제개발을 반세기도 안 걸려 이룩하였습니다. 양반과 상놈이 존재하던 신분사회에서는 상상도 못 할 것을 현재 우리 국민은 모두 평등하게 누리고 있습니다.

'대한민국은 민주공화국이다.' 헌법 제1조 1항과 마찬가지로 민주화가 잘 발달하여 누구나 원하는 대로 법이 정한 대로 자유롭게 생활하게 되었습니다. 자신이 열심히 일해서 번 돈으로 어떤 장소에서나 거주할수 있고, 어떤 옷이나 입을 수 있고 음식을 먹을 수 있습니다. 신분사회에서는 돈이 있어도 상놈은 양반이 입는 옷이나 음식을 취할 수가 없었습니다. 인도에는 지금도 카스트제도로 불가촉천민은 사람 취급도 못받고 산다고 합니다. 우리는 지금 모든 국민의 인격이 평등하다는 말이실제로 이루어진 민주사회의 민주시민인 행복한 대한민국 국민입니다.

그런데 가끔 값비싼 옷에 고급 요리 먹는 사람의 행동이 저급하게느껴질 때가 있습니다. 품위 없는 행동에 욕설하는 입을 가끔 볼 수가있습니다. 또 남은 배려하지 않고 자신의 욕심만 채우는 행동을 하는사람을 보면 얼굴이 찡그려지지요. 그런 사람을 보면 우리는 예절을 모르는 사람, 품격 없는 사람으로 간주하게 되고 친구도 하고 싶지 않아멀리하고 싶습니다.

인간이 의식주를 해결하면 예절을 차리게 됩니다. 이제 우리나라 현실은 마음만 먹으면 누구나 자신을 얼마든지 품격을 업그레이드시킬환경을 갖추고 있습니다. 순화된 언어와 멋진 행동으로 생활합시다. 자신을 성찰하고 부족한 부분을 채우려 지식을 넓히고 문화예술을 사랑하는 마음으로 삽시다. 끊임없이 계속 공부하는 마음으로 살다 보면 넉넉하고 겸손한 태도로 남을 배려하는 사람으로 변화합니다. 바로 자신의 내면을 아름답게 살지게 하는 것이지요. 그러면 저절로 품격있는 생활을 하게 됩니다.

이 세상의 혜택에 보답하고 봉사하며 사는 사람은 넉넉한 마음을 가진 분입니다. 다른 사람들에게 모범이 되고 존경받는 사람이 되고자 인격도야에 힘을 기울입시다. 평생 공부하는 마음으로 자신을 수양하며 예절에 어긋남이 없는 생활로 자신의 품격을 높입시다. 품격있는 생활로 자신과 이웃을 즐겁게 합시다.

(2015.11.27.)

자원봉사

우리는 이 세상에 태어나 알게 모르게 이 사회의 많은 도움을 받고 성장하고 살아간다. 이 지구상에서 못사는 나라는 잘사는 나라의 도움을 받고 살아가고 있다.

우리는 반세기 전만 해도 얼마나 가난에 시달리던 국민이었던가. 그래서 한국에 태어난 우리는 얼마나 많이 우리보다 잘사는 선진국을 부러워하며 그들의 도움을 받았던가.

이제는 우리보다 못사는 그들에게 도움을 되돌려 주는 나라가 되었으니 우리나라가 한없이 자랑스럽다. 경제뿐 아니라 과학, 체육, 문화 예술 각 분야에 고루 세계 제일의 한국인과 한국 제품이 뉴스가 되는 일이 자주 일어나 한국인의 존재가치가 지구 구석구석에서 메아리치고 있어 한국인이라는 자긍심이 대단하게 느껴진다. 이런 현상은 그동안 우리 국민의 높은 교육열과 노력의 성과로 기술력과 경제력을 갖추고 성장해온 결과이다. 이와 같은 전쟁의 폐허에 경제 기적을 이룬 성장은 알게 모르게 훌륭한 많은 지도자의 자원봉사하는 마음들이 모인 것이 크게 도움이 되었으리라 생각된다.

선진국 국민은 봉사의 생활화가 80% 이상인데 아직 우리 국민은 그 의식이 30%에 그친다고 한다. 내가 수많은 사람으로부터 도움을 받으며 살아왔다면 사회에 그 은혜를 되돌려 주는 것이 도리가 아니겠는가. 내가 할 수 있는 것, 경제력이 아니 되면 노력봉사와 재능 봉사로, 무엇으로 봉사할 수 있는가를 생각해 보고 실천해야 할 것이다. 이제 우리 국민도 모두 봉사의식이 생활화되어 명실상부한 선진국이 되어야 하겠다.

봉사활동은 우리 이웃과 이 사회를 밝게 긍정적으로 발전하게 한다는 긍지를 가진 의식으로 시작해야 할 것이다. 자신의 열정을 발휘할 기회를 얻어 자신의 활동 발자취를 모아보는 것도 의미가 있으리라 생각한다.

인터넷에 1365 자원봉사 포털사이트가 있다. 이곳에 신청하면 전국 어디에서나 자원봉사활동시간을 등록해 주고 있다. 우리는 자신의 아름다운 행적도 누적되도록 신경을 쓰며 봉사활동을 하고 선진국민답게 자원봉사자로서의 자존감을 갖자.

(2012.10.04.)

소통의 중요성

대한민국은 지금 깊숙한 침잠의 늪에 빠져 있습니다. 사람이 사람답게 살고 싶은 세상이 아니라고 아우성치는 사회가 되었습니다. 지난해에 불거진 대통령 탄핵문제가 정치권 언론계 경제계를 강타하여 세계각국에 조롱거리가 되고 모든 국민이 불안과 불신의 공황 상태에 빠지게 했습니다.

반만년 만에 처음으로 이밥에 고깃국이 문제가 되지 않는 경제 대국으로 거대한 중국 앞에서도 어깨를 쫙 펴고 눈부신 한류 문화를 자랑하던 우리가 왜 이렇게 기죽어야 하는 상태가 되었는가 안타깝기 그지없습니다. 우리가 서로 믿지 못하는 불신 상태에 빠져 있기 때문입니다. 왜 서로를 믿지 못하는가. 소통의 부재 때문이라고 단언하고 싶습니다. 소통이란 상대를 인정하면서 나의 의견을 이해시켜 서로 통하여 오해가 없음을 말합니다. 자신만이 대단하고 상대방을 우습게 생각하는 교만한 마음, 이기적인 생각이 문제 아닐까요?

자신만 소중히 알다 보니 부모와 자식, 스승과 제자, 직장의 상급자와 하급자, 선배와 후배의 갈등으로, 심지어 군인들까지 윗사람과 아랫사람의 관계에 기강이 해이해져 조국이 백척간두에 있지 않나 하는 의구심이 일곤 합니다. 소통 부재의 현실은 혼자 사는 것이 좋다는 이상한 풍조를 불러와 모든 것을 혼자 한다는 개념으로 혼밥, 혼술, 혼놀이란 신조어까지 생겨나 처녀총각들이 결혼하려고 하지 않는 풍조가 만연되고 있습니다.

사람이 인간답게 사는 데는 상식선에서 생각하고 상식적으로 행동한다면 소통이 문제가 될 것이 없습니다. 과거 우리가 자랄 때는 온 식구가 한자리에 모여 상을 가운데 두고 둘러앉아 아침밥을 먹고 하루를 시작했습니다. 이때 부모님들의 밥상머리 교육이 예절교육이었지요. 어제 있었던 일과 오늘 해야 할 일들을 부모님에게 말씀드리고 어떻게 해야 할지 조언이나 깨우침을 받았습니다. 학교에서는 선생님을 존경하고 선생님 말씀은 '콩으로 메주를 쑨다'라는 사실처럼 모든 말씀이 진리라고 생각했습니다. 우리는 이렇게 가정에서는 부모님께, 학교에서는 선생님, 사회에서는 선배님께 일반 상식을 축적하며 살아왔습니다. 그러므로 알게 모르게 어른을 존경하며 부모님으로부터 세상사는 지혜를 습득하며 자란 것이지요.

그런데 지금은 어떻습니까? 식구가 많지 않은 핵가족임에도 바쁜 세상이라고 대부분 편리한 생활을 추구하면서 따로따로 혼자 식사하는 가정이 많지 않습니까? 어린이에게 부모가 해야 할 교육을 사회에 온통 맡기다시피 하니 부모와 자식 간의 소통 부재가 부지불식간에 오고야 말았습니다. 자신이 학교 교육을 많이 받았다고, 제 생각이 옳다고 부모님 말씀을 존중하는 사람들이 적고 무시하는 자가 많습니다. 급기야는 불효를 저지르는 자와 못된 부모로 지탄받는 사례가 종종 나타나는 시대에 우리는 살고 있습니다.

정치권의 여당 야당, 같은 당 안에서도 파벌싸움으로 날이 새고 주말마다 촛불집회와 태극기 집회는 양극으로 치닫는 상태이고 매일 사건 사고가 일어나 국민은 불안합니다. 이 모두가 불통으로 일어난 일들입니다. 소통이 얼마나 중요한지 우리 모두에게 실증적으로 보여주는 사

건들입니다. 개인도 크고 작은 차이는 있을지언정 아마도 소통이 안 되어 고통받은 경우를 모두 겪었을 것입니다. 이 사회 전체가 정치권과 모든 국민이 서로 소통이 원활하지 못해서 상대 탓만 하면서 욕구불만에 빠져 허우적대고 있습니다.

소통이 잘되게 하려면 첫째 상대방의 말을 먼저 듣고 이해하려고 노력하면서 내 뜻을 상대에게 전해야 합니다. 둘째 말을 조심하는 것입니다. 말을 내뱉기 전에 한 번 더 생각해 보고 입을 열어야 합니다. 셋째 독점하다시피 말을 많이 하면 안 됩니다. 적게 말하고 상대의 말을 신중하게 들어야 합니다. 넷째 일단 결정된 문제에 대해선 뒷말로 구시렁대지 말아야 합니다. 다섯째 상식선에서 생각하고 행동한다는 태도를 늘 견지해야 합니다.

인간관계란 내가 상대를 알아주고 상대가 나를 인정하므로 해서 돈독해지는 것입니다. 부모 자식 관계와 사제지간, 친구 사이, 나아가 정치지도자와 국민과의 문제도 소통이 잘 돼야 가정의 화목과 우애, 은사에 대한 존경심, 친구 간의 우정, 국가의 안전과 평화가 잘 유지된다고 생각합니다. 어느 계층이나 의심의 눈초리로 상대의 의견을 무시하고 인정하려 들지 않는 이런 불통 문제를 해결하려는 노력을 기울여 주위 사람들과 소통하면서 마음 편하게 살아야겠습니다. 상대방을 먼저 인정해 줍시다. 그러면 상대는 나를 인정해 줄 것입니다. 우리가 모두 소통이 잘 되는 사회가 되도록 노력하면서 즐겁게 삽시다.

(2017.02.13.)

실버넷뉴스 기자의 보람

가슴 설레며 '실버넷뉴스 민문자 기자'라는 명찰을 처음 목에 걸고 출발한 지 벌써 6년이 되었다. 오랜 세상살이에서 얻은 나의 경험이 누군가에게 도움이 된다면 여간 기쁜 일이 아니다. 장수시대라지만 우리가 살날은 그리 긴 시간이 아니다. 건강이 허락할 때 세상에 아주 작은 도움이라도 주고 세상을 떠나고 싶다. 준비한 자에게 기회가 온다고 하였던가.

실버넷뉴스와의 인연은 우연히 닿았다. 수습교육을 받고 과제를 열심히 해서 얻은 실버넷뉴스 기자 임명장, 실버를 위한 인터넷 신문기자의 역할은 처음부터 만만한 것은 아니었다. 젊은이들과 어깨를 나란히 하고 꾸준히 배우면서 사는 삶을 선택하는 계기가 되었다. 방송통신대학교 국어국문과에 편입학하여 제대로 공부하고 싶은 욕심도 채우면서 2005년 기자생활을 시작하였다. 초기에는 인터넷을 사용하다가 잘 모를 때에는 시도 때도 없이 선배 기자와 사무국에 전화하여 괴롭힌 적이 그 얼마였던가.

학교에서나 문단에서 실시하는 문학기행이나 행사에 특별한 일이 없는 한 참여하고 메모해 놓으니 기사 쓰기가 수월하였다. 문협이나 남산 문학의 집에서 월례행사로 열리는 원로 문인들의 특강은 단골로 참여하여 경청하고 기사를 수집하였다. 재주는 없어도 기사를 쓰노라 날밤을 새우기도 하는 열정의 시간이 흐르니 교육문화부장이라는 직책이 주어졌다. 새벽 3~4시까지 데스킹을 하고 '책임을 다 하노라' 애쓰던 시절이 이제는 아득하다.

해마다 실버넷뉴스 기자단 모집이 있을 때마다 여러 사람을 추천하였다. 그중에 우리 실버넷뉴스 대표 앵커 최복희 기자는 가장 자랑하고 싶은 인물이다. 이제 홈페이지 개편에 따라 '실버넷문화예술관'이 신설되고 관장 직책이 주어졌다. 21세기 정보화 시대에 문화예술을 꽃피우는 시대, 무거운 책임감을 느낀다. 꾸준히 문학 공부하면서 문학 행사 취재를 다니다 보니 원로 문인을 많이 알게 된 것이 큰 도움이 될 것 같다.

시 한 편에서 영롱한 언어의 사리를, 수필에서 잔잔한 감동을, 소설에서 괴롭고 고달픈 인생에 쏠쏠하게 재미를 느끼게 한다면 기자로서 더욱 뿌듯한 보람을 느끼게 될 것이다. 실버들에게 '실버넷문화예술관'을 통하여 유익한 문화예술에 관한 뉴스, 연극 영화, 음악 미술 등 차원 높은 예술에 대한 기사를 만나서 행복함을 느끼도록 할 것이다. 배우고 또 배우면서 소임을 다하면서 자신을 위해서도 더욱 노력할 것이다.

이제 '실버넷뉴스 문화예술관장 민문자(閔文子)'라고 쓴 이름표를 목에 걸고 실버넷뉴스가 더욱 빛나도록 훌륭한 문인을 인터뷰하러 나서야겠다. (2011. 05. 03. 실버넷뉴스 민문자 기자 칼럼)

세상을 보는 눈

　오늘은 세상을 보는 눈에 대하여 말씀드리겠습니다. 지금 우리는 물질 만능 시대에 살고 있습니다. 텔레비전 드라마를 보면 돈만 있으면 못할 것이 없는 듯싶습니다. 못생긴 얼굴도 성형수술로 미인이 됩니다. 집집이 자동차 없는 집이 거의 없고 화려하고 고급스러운 저택이나 아파트의 생활 모습은 옛날의 어느 왕도 누려보지 못한 모습이지요. 세계의 온갖 요리와 과일도 모두 먹을 수 있는 세상이니 참 좋은 세상입니다.

　세계무역 10위 경제대국으로 한류열풍도 세계방방곡곡에 퍼져 코리아를 본받자는 나라도 많습니다. 그래서 사람들은 우리나라가 반만년 역사 이래 가장 잘 사는 나라가 되었다고 하지 않습니까? 가만히 한번 생각해 봅시다. 이렇게 잘 사는 우리나라와 북한을 한번 견주어 봅시다.

　현재 우리나라는 쌀이 남아서 보관이 문제라고 합니다. 그런데 북한은 먹을 것이 없어서 이삼백만 명이 굶어 죽었다고 합니다. 왜 그럴까요? 우리의 지도자들이 남쪽은 민주주의 시장경제를 선택하고 북쪽은 공산주의 사회주의 경제를 택한 결과입니다. 민주주의 시장경제가 공산주의 사회보다 우월하다는 것이 입증된 지금도 공산주의를 신봉하고 북한체제를 수호하느라 북한주민은 애를 쓰고 있습니다. 김일성 김정일 김정은을 비롯한 공산주의자들의 삐뚤어진 시각 때문에 힘없는 사람들이 고생하는 것입니다.

　탈북민들이 그동안 속아서 살아온 것을 얼마나 원통해 하고 있습니까? 우리 사회에 아직도 북한을 추종하고 이롭게 하는 무리가 많이 있다고 합니다. 선거 때에 투표를 잘해야 합니다.

다가오는 6월 4일은 전국동시지방선거라고 하지요? 선거철만 되면 서로 자기를 찍어달라고 악수를 청하며 친절하게 굽니다. 우리는 어떤 지도자를 뽑아야 할까요?

사리사욕을 채우고 국론을 분열시키고 적을 이롭게 하는 지도자를 선택하면 우리나라가 어찌 되겠습니까. 진정으로 이웃과 지역사회 그리고 나라를 사랑하는 사람을 선택해야 하겠습니다. 똑바른 마음으로 바라보고 정말로 바른 마음 바른 정치를 할 지도자를 선택해야 하겠습니다. 그러려면 우선 내 마음을 바로 하고 살기 좋은 사회를 건설할 수 있는 지도력 있는 일꾼을 뽑아야겠습니다.

요즈음 국회의원들이 민생법안을 기간 내에 처리하지 않고 여당 야당이 서로 상대방 탓만 하는 것을 보면 한심하기 짝이 없습니다. '남의 눈 속의 티는 보여도 내 눈 속의 대들보는 못 본다'라는 속담처럼 자기 자신에게는 너그럽고 타인에게는 야박한 게 인간의 본성이지만 해도 너무 하는 것 같습니다. 제대로 된 사람은 자신에게 엄격하고 다른 사람에게 관대합니다.

우리가 바르지 않은 눈금자로 세상을 재단하며 살면 중요한 일을 그르치게 되고 어떤 때는 패가망신하기도 합니다. 더 좋은 세상을 원한다면 긍정적으로 열려 있는 바른 마음과 올바른 눈금자로 지도자 선택을 잘합시다. 세상을 바로 볼 줄 아는 사람은 자신은 물론 주위 사람도 행복하게 합니다.

(2014.04.14.)

6부

건강

수명 100세 시대
-건강하고 즐겁게 삽시다

어린 시절을 회상해 보면 지금 우리나라는 부자나라, 참 살기 좋은 나라가 되었습니다. 1950년대 만해도 우리 국민 70%가 농사짓는 생활을 하고 70%는 문맹자였고 평균수명은 50세가 채 안 되었습니다. 세계에서 가장 가난한 국가 그룹에 속했던 나라였습니다. 1950년에 일어난 6·25전쟁의 참화와 해마다 가뭄과 홍수로 인한 농사가 흉작인 까닭에 나라 전체가 빈곤한 상태로 허덕였습니다. 국가경제는 미국의 원조에 힘입어 겨우 지탱하는 수준이었고 부모 잃은 고아와 팔다리 잃은 불구자가 거리를 헤매며 먹을 것을 구걸하는 거지가 많았습니다. 대부분 사람들의 의식주 형태가 모두 형편없이 열악한 생활환경이었기 때문에, 영양결핍으로 피부병과 각종 전염병이 만연하던 비참한 나라였습니다. 1980년대까지도 기생충 검사를 하고 봄가을로 꼭 구충제를 먹어야만 했던 열악한 환경이었지요.

1970년대에 들어서서 박정희 대통령의 새마을운동 정신을 기치로 근면·자조·협동의 기본 정신과 실천을 범국민적·범국가적으로 추진하였습니다. 전국 방방곡곡 철도와 도로와 상하수도 시설과 화장실 등 위생시설이 현대화되기 시작했습니다. 이런 국토의 사회기반시설 현대화는 우리 경제발전의 초석이 되었습니다. 국민 전체가 산학협동정신으로 부지런히 공부하고 일해서 세계가 놀랄 만큼 과학과 산업발전을 가져왔습니다.

1988년 서울올림픽 행사 이후 획기적인 경제발전은 아파트 문화가 대세인 가운데 의식주가 많이 풍족해졌습니다. 모든 생활환경이 청결하고 편리하게 되었습니다. 의료과학기술도 많이 발전하여 의료시설 확충과, 2000년 7월부터 전 국민 국민건강보험 가입이 단일화된 이후 평균수명이 많이 높아졌습니다. 2008년 7월부터 노인장기요양보험 제도 도입도 한몫을 했지요. 그리고 암을 비롯한 희귀병 등의 중증환자에게는 '산정특례 등록제도'가 실시되었습니다. '산정특례 등록제도' 란 진료비 부담이 큰 암, 심혈관 질환, 뇌혈관 질환, 희귀 난치성 질환, 중증화상, 결핵환자의 본인부담의 경감을 목적으로 산정특례 질환으로 등록한 환자에게 본인부담금 경감 혜택을 해주는 제도입니다.

전쟁 후 70년이 지난 지금은 대한민국의 상징인 태극기가 세계 구석구석에서 휘날리는 자랑스러운 나라가 되었습니다. 문맹률 0%라는 경이로운 기록을 세우고 2018년에는 우리나라 인구 약 5,130만 명으로 '1인당 국민소득 3만 달러'를 달성했습니다. 이 모두가 '배워야 산다' 라는 우리 국민들의 높은 교육열과 배우기 쉬운 간결한 한글 덕분입니다. 열악한 환경과 영양결핍으로 걱정하던 국민건강이 이제는 영양과다 섭취로 인한 과다체중 때문에 오히려 다이어트하느라 고생하는 사람이 많아졌습니다. 우리나라가 반만년 이후 이렇게 잘 살던 시절이 있었던가요? 즐거운 비명이지요.

우리나라는 출생 시 평균 기대수명은 83세라 하니 현재 건강한 사람은 100세까지도 살 수 있겠습니다. 우리 주변을 돌아보면 90대 노인은 부지기수이며 현재에도 김형석 철학교수처럼 100세 이상의 노인들이 건강하게 사시는 것을 종종 볼 수 있습니다. 그러니 평균 기대수명 100

세 시대가 머지않아 도래할 것도 같습니다. 건강하게 오래 사는 것이 인류의 꿈 아니겠습니까? 긍정적인 생각으로 규칙적인 식사와 즐거운 활동을 하면서 사노라면 100세도 문제없을 것입니다.

우리 여생을 어떻게 해야 건강하고 즐겁고 보람찬 삶을 살 수 있을까요? 지역사회마다 도서관과 문화원이나 주민자치센터에서 운영하는 취미생활에 관한 프로그램이 많이 있습니다. 그동안 하고 싶었던 공부를 하고 삶에 대한 새로운 지혜도 배우면서 문화행사에도 지속적으로 참여하면, 새로운 친구들을 많이 만날 수 있습니다. 자연히 동생 같은 친구, 딸 같은 친구들도 만나게 됩니다. 이렇게 젊은 친구들과 자주 어울리면 자신도 모르게 젊게 살게 될 것입니다. 건강관리 잘하면서 100세까지 삽시다.

(2020.01.09.)

먹는 물

이 세상에 존재하는 모든 생명의 원천이 되는 것이 물이다. 우리는 공기가 얼마나 중요한지 깨닫지 못하고 매일 물과 함께 생활하면서도 고마운 생각을 잊을 때가 많다. 사람이 아기로 태어났을 때는 90%가 물이고 성인이 되면 70%, 노인이 되면 50%로 수분의 양이 줄어든다고 한다. 물이 있어야 요리를 할 수 있고 인간이 음식물을 섭취하고 배설 후에는 필요한 수분량을 채워주어야 하므로 갈증을 느끼고 물을 찾게 된다. 물은 먹는 물뿐 아니라 이 세상의 모든 추한 것을 깨끗이 씻어주는 역할을 한다. 물이 부족해 마실 수도 없고 세탁과 목욕을 마음대로 하지 못한다고 가정해 보면 얼마나 생활이 불편하고 더러울까.

우리나라는 예로부터 물이 풍부하여 산자수명한 금수강산이란 말을 들어왔는데 근래에는 물이 부족하다는 소리가 여기저기서 들려온다. 지구의 폭발적인 인구 증가에 따른 온난화 현상 때문으로 알려졌다. 우리가 어렸을 때만 해도 우리나라 어느 곳에서나 펑펑 솟아나는 좋은 우물물이나 샘물이 있었다. 옹달샘과 우물에서 좋은 물이 흘러넘쳤는데 마을마다 물맛 자랑하던 우물들 언제부턴가 수도꼭지에 밀려나 모두 사라졌다. 지금처럼 물을 사 먹을 줄은 꿈에도 생각지 못했다. 학생 시절 과학 시간에 선생님께서 어쩌면 공기와 물을 사서 쓰는 세상이 올지도 모른다고 하였는데 이제 가정마다 대부분 먹는 물은 사서 먹게 되었다.

우리 마을 뒷산엔 구청에서 관리하는 약수터가 있는데 5, 6년 전만

해도 바로 그냥 마셔도 좋은 물이었다. 옛날에는 대부분 여자가 물 길러 다녔는데 요즘엔 약수터에 가보면 남자들이 물 긷는 모습을 훨씬 많이 볼 수 있다. 남자들의 발전된 애정 표현인가, 여성 상위시대의 현상인가, 현대는 여성이 참 행복한 시대다. 여성의 지위가 향상된 사회현상의 한 단면이다. 우리 집에서도 환경 오염된 세상, 수돗물은 안심할 수 없어 설거지와 허드렛물로 사용하고 뒷산 약수를 길어다 끓여 먹고 생수는 주문해 사 먹었다. 약수터 알림판에 어느 달은 '대장균 검출이니 반드시 끓여 먹어라' 하고 어느 달은 '먹을 수 있는 물'이라고 알리고 있다. 그러다가 이제는 6개월 이상 '대장균 검출이니 반드시 끓여 먹어라'하는 글만 올라와 있다. 모든 병은 물만 잘 마셔도 고칠 수 있다고 한다. 그래서 사람들은 좋은 물을 먹으려고 시간과 돈을 많이 투자한다.

2년 전 KBS TV '아침 마당'에서 충남대학교 화학과 교수이며 한국분석기술연구소 대표인 이계호 박사는 아침 식사 30분 전에 물 1컵, 점심 식사 후 2시간 후 물 1잔, 자기 전 물 1컵, 즉 '321물 마시는 법'을 소개했다. 그리고 좋은 물 만들기로 '현미 차'를 다음과 같이 소개했다. 현미를 두세 번 헹궈 씻어서 물기를 뺀 후 기름기 없는 팬에서 센 불로 볶다가 현미에 수분이 마르면 약한 불로 줄이고 주걱으로 저으면서 은근하게 볶아 노릇노릇하게 튀밥이 되기 직전까지 조금씩 자주 볶는 것이 좋다고 한다. 하루 마실 분량의 물을 팔팔 끓인 다음에 볶아놓은 현미를 두세 숟가락 넣어 30분쯤 그대로 두면 약간 노르스름한 차가 되면 필요한 만큼 적당량을 마시면 된다. 현미차 우려내고 남은 현미는 물을 부어 팔팔 끓여주면 숭늉같이 마실 수 있다.

얼마 전까지만 해도 우리 집에서는 알칼리성 물이 좋다고 해서 2리터짜리 18병을 한꺼번에 구입하여 먹고 있었다. 매일 먹는 물이니 비용도 만만치 않았다. 그래서 지금은 현미를 볶아 좋은 물을 만들어 먹고 있다. 우리가 제일 먼저 해야 할 일은 자신과 가족의 건강을 챙기는 일이다. 좋은 물을 마시고 건강하게, 일상을 즐겁게 오래 살기를 희망한다.

(2017.05.24.)

건강하고 젊게 오래 삽시다
-여생을 어떻게 보낼 것인가

장수하실 줄 알았던 저의 어머니께서 지난 8월 1일에 97세로 세상을 하직하셔서 인생 100수 시대에 저의 효도가 3년 모자라는 듯하여 가슴이 아렸습니다. 그동안 저의 남동생 내외와 여동생 둘의 극진한 효도를 받으며 기거하시던 안방에서 편안히 운명하셨으므로 조금은 위안받았습니다. 가시는 날도 아침 식사하시고 점심에 미음 드시고 혼절해 계시다 자정 직전에 남의 손 하나도 안 거치고 자손들의 어루만짐을 받으며 세상을 하직하셨네요.

한 달 전에는 105세 되는 지인의 모친께서 요양병원에 계시다 하늘나라로 가셨습니다. 옛날에는 빈곤과 질병으로 인하여 100세까지 산다는 것은 꿈이었지요. 인생 100세 시대라고 하지만 100세를 능가해서 사는 사람이 2015년에는 3,159명으로 여자 2,731명으로 86.5% 남자 428명으로 13.5%였다고 합니다. 100세 이상 장수하신 인구가 2018년은 18,783명이었는데 2019년에는 주민등록 인구 기준으로 2019년 11월에는 2만 명을 넘어섰다고 합니다. 1960년대나 1970년대에는 상상도 할 수 없던 장수 시대에 돌입한 것입니다. 2030년 이후에는 아주 많은 인구 중에서 100세를 넘어설 것으로 예상됩니다. 100세 시대의 인구가 빠르게 늘어나는 것은 인간들의 의식 수준의 향상과 생활수준의 향상, 그리고 눈부신 의료과학의 발전에 있다고 생각합니다.

오래 산다고 좋아할 일만은 아닙니다. 젊은 정신으로 하고 싶은 일,

이루고 싶은 일 다 하면서 건강을 유지하면서 살아야 보람 있는 인생입니다. 젊은 마음으로 건강하게 장수하려면, 첫째 적게 먹고 많이 움직여야 합니다. 음식물을 적당히 적게 섭취한다는 것은 혼자 식사하는 법 없이 친구나 가족들과 함께 식사한다는 점이 상당히 중요하다고 생각합니다.

둘째 사회적 관계를 잘 유지하면서 활동해야 합니다. 즉 가족 또는 친구들과 어울려 활발한 사회활동을 하는 것이야말로 빼놓을 수 없는 장수 비법이지요. 사회활동은 같은 취미를 가진 사람들의 모임으로 취미생활과 봉사활동은 노후에 가장 중요한 문제입니다. 이는 육체 건강뿐 아니라 자존감과 자부심을 안겨주는 참 좋은 정신건강입니다. 산책하고 정원 가꾸기 등 평소 야외활동을 즐긴다면 햇빛의 비타민D를 충분히 공급받을 수 있습니다. 그리고 자연 속에서 행복감을 느끼며 긍정적 마인드를 갖게 되어 장수에 좋은 영향을 줍니다.

셋째는 자신을 부지런히 채찍질하면서 공부해야 합니다. 오래 살려면 같은 세대를 초월하여 젊은 세대들과 의식을 공유할 수 있도록 소통이 되어야 합니다. 그러려면 계속 신지식에 관한 공부와 훈련이 필요합니다.

넷째, 자신만의 멋 자신만의 향기를 소유해야 합니다. 인생은 오래 살고 볼 일입니다. 1960년대 1970년대 1980년대를 뒤돌아봅시다. 얼마나 과학이 발전되고 생활수준과 의료수준이 높아졌나요? 20년 전에 30년 전에 일찍 세상을 하직한 저의 친구들과 요즈음 저의 생활을 뒤돌아봅니다.

20년, 30년 동안에 그들이 생각하지 못했던 일을 저는 이루었습니다. 그래서 문학 공부를 시작한 지 20년 만에 '수필가입네, 시인입네' 하면서 올해 저는 '한국현대시 작품상'을 수상했습니다. 아마도 세상 떠난 벗들이 이 사실을 안 다면 깜짝 놀랄 것입니다. 상상도 할 수 없던 일이니까요. 팔순을 눈앞에 두고 시·서·화에 관심을 두고 10년 20년 많게는 30년 젊은 친구들과 벗하면서 문학기행이며 시 낭송을 하면서 젊게 살고 있으니 말입니다.

저는 일찍 세상 떠난 친구들보다 확실히 인생을 오래 잘살고 있다고 생각합니다. 그래서 행복합니다. 그러니 우리 모두 각자 자신만의 멋과 향기를 간직하면서 꾸준히 자신을 갈고닦으며 오래오래 건강하게 삽시다.

(2020.12.24.)

산책

　'산책' 하면 정해진 시간에 산책한 것으로 유명한 독일의 계몽주의 철학자 임마누엘 칸트가 생각납니다. 임마누엘 칸트(1724~1804)는 18세기 계몽주의 시대 독일의 가장 대표적인 인문학자입니다. 당시 칸트가 지나가는 것을 보고 사람들이 시계를 맞췄다는 일화로 칸트는 큰 명성을 얻을 만큼 일정한 시각에 산책했다고 합니다.

　산책을 '산보'라고도 하는데 우리가 어릴 때는 '산보'라는 말을 더 많이 사용했습니다. 저녁 식사 후 보통 '아무개야! 산보 가자'라고 했지요. 산책이란 말은 휴식을 취하거나 건강을 위해서 천천히 걷는 것을 말하지요. 여름에는 아침 6시에 나가서 한 40분 산책하고 돌아와 아침밥을 짓곤 했습니다. 요즈음은 추운 날씨 때문에 혈압이 높은 편이어서 가끔 낮 시간을 이용합니다.

　내가 사는 곳은 매봉산 자락이어서 산책하기 아주 좋은 환경입니다. 산책은 우선 페트병 두 개를 가방에 넣고 숲속 아파트를 나서면 삼백여 미터쯤 거리에 좌우에 잘 조성된 생태습지공원이 있어 구불구불 나무다리를 돌아 천천히 걷습니다. 오른쪽 다리가 오(O)다리로 늙어가는 느낌을 받는 근래에는 애써 어깨를 펴고 바른 자세로 뒤꿈치부터 땅에 닿도록 하나, 둘, 하나, 둘, 셈하며 천천히 걷습니다.

　봄부터 개나리 진달래 벚꽃, 창포 명자꽃 아카시아 찔레꽃 여러 가지 야생화와 옥잠화가 피어나고 까치 참새뿐 아니라 이름 모를 새들이 지저귀며 날아다니는 것을 바라봅니다. 어느 때는 그 아름다운 새소리를 아무리 애를 써보아도 흉내 내지 못하면서 우리말 우리 글자는 소리글자라 어떠한 소리도 표현할 수 있다고 했는데 그렇지도 않다는 것을 산책할 때마다 경험하게 됩니다.

참나무 숲속 자락길로 돌아서 나무계단 구십여 개를 오르면 '구로 올레길' 이정표를 만납니다. 약 1km 이상 소나무숲으로 걷다 보면 매봉산 정상에 닿습니다. 나이 든 사람도 무난하게 오를 수 있는 완만한 산마루입니다. 바로 구마루이지요. 해발 110m밖에 안 되지만 서울시 선정 우수경관 조망명소라 해마다 새해 첫날은 해맞이 행사가 대단하게 열리는 곳입니다.

높고 낮은 빌딩 수많은 아파트군 서부 서울뿐 아니라 남산 아차산 청량산 대모산 우면산 관악산까지도 한눈에 다 볼 수 있는 곳입니다. 이곳 정상 뒤쪽은 울창한 소나무숲, 앞쪽은 신갈나무 떡갈나무 등 참나무들이 빽빽하게 있습니다. 심호흡하고 맨손체조로 몇 동작하고는 하산합니다. 운동기구 있는 마루턱을 지나 약수터에서 페트병에 물을 담아 메고 다시 생태습지공원 나무다리를 관통하여 집에 도착하면 보통 40분이 걸립니다.

산책은 살아 있는 책이라고 어느 시인은 말합니다. 발이 읽고 눈으로 듣고 귀로 보며 느릿느릿 사색으로 가는 길을 따라 자연경을 읽는 것을 산책이라 합니다. 한 발 한 발 떼어 놓으며 아침이면 그날 하루 할 일을 생각하고 저녁이면 그날 있던 일을 뒤돌아보며 보다 나은 내일을 설계하며 걷는다면 좋은 산책이라 하겠습니다. 산책하는 습관을 길러 육체적 정신적으로 건강한 삶을 삽시다.

(2015.02.05.)

정성을 담은 삶

농부가 봄에 많은 씨앗을 뿌려서 여름에 정성을 다하고 가을에 추수하면 수확이 많은 것처럼 자신이 관여하고 활동한 그룹이 여기저기서 열리는 송년회에 참여하느라 2022년 12월은 참으로 바쁘고 보람있게 보냈다.

제일 먼저 12월 2일은 광화문 코리아나호텔에서 열린 한국수필가협회 2022년 문학상 시상식과 송년회에 꽃다발 둘을 들고 참석했다. 꽃다발 하나는 우선 나에게 처음으로 수필을 가르쳐주시면서 문학에 입문하도록 이끌어 주시고, 이번에 공로상을 수상하신 존경하는 수필가 김병권 스승님께 안겨드렸다.

또 하나는 2022년 《한국수필》 9월호에 작품이 소개된 최현아 신인상 수상자에게 안겨주었다. 93세 노구의 스승님은 아직도 카랑카랑하신 목소리로 수상소감을 말씀해 주셔서 감격했다. '미래 한국수필을 이끌어 갈 지도자'란 생각에 학구열 높은 사십 대 젊은 최현아 수필가를 추천하였었다. 공로상을 수상하시는 은사님과 '미래 한국수필의 지도자' 나의 후배가 수상하는 현장에 동참하여 꽃다발을 안겨주며 행복감을 만끽했다.

12월 4일은 구순을 바라보는 형님 부부를 모시고 우리 집 가까운 고깃집에서 점심을 대접하였다. 시댁에서 제일 어른인 한 분 형님과 추억담을 이야기하고 올해도 다 갔다며 아쉬워하면서 형제애를 나누었다.

12월 7일은 마로니에 공원 좋은 공연장에서 자신이 소속한 한국문인협회 낭송위원회 송년회에 참석하였다. 장충열 회장에게 처음 시 낭송을 배우고 한국낭송문예협회 창립회원이어서 사진 촬영할 때는 고문이라고 늘 앞자리에 배려가 되니 송구한 마음이다.

12월 8일은 압구정 삼원가든에서 마지막으로 나를 위해 거금을 투자하고 공부한 인문학 그룹 송년회에서 성공한 사업가들이 베푸는 선물을 한 아름 받아들고 귀가한 날이었다.

12월 10일은 '시 사랑 노래 사랑' 제117회 정기연주회와 송년회에 참석한 날이었다. '시 사랑 노래 사랑' 그룹은 시를 사랑하는 시인과 낭송가와 노래를 사랑하는 그룹이 매달 정기연주회를 열어왔는데 이 그룹에서 나는 시 낭송할 사람을 매달 4~5명 추천하고 있다.

12월 13일은 구로문인협회 송년회가 있는 날이었는데 가장의 심각한 우환으로 불참할 수밖에 없었다.

12월 17일 12시는 사촌 동생이 딸을 시집보내는 날이라 부평역사에 있는 예식장으로 달려가서 신혼부부와 사촌동생을 축하해 주었다.

12월 18일은 구마루무지개 낭송회 송년회였다. 개봉역 인근 쌈밥집 '다채'에서 열었다. 2013년 7월 1일부터 2015년 6월 30일까지 '스피치와 시 낭송' 강의를 '구로 문학의 집'에서 2년간 102강을 하고 그때부터 이어온 낭송회로 나에게 수강한 후배들이 주축인 송년회이다. '구마루'란 '구로의 산마루'란 뜻으로 작명한 시 낭송을 좋아하는 사람들의 모임으로 '구마루무지개'라고 했다. 이날 가장 존경하는 스승인 임보 시인을 모셔서 「다람쥐 내외」를 비롯한 참석자 전원의 스피치와 시 낭송과 선생님의 낭창 「청산무」를 감상하고 모두 만족한 즐거운 송년회였다.

12월 21일은 을지로4가 국도호텔 2층 뷔페식당에서 한국방송통신대 국문학과 출신들이 주축인 등단작가회 송년회가 5시 30분부터 열렸다. 환갑이 넘은 나이에 3학년으로 편입학하여 2007년에 졸업하고 창립 멤버로, 이제는 고문으로 활동하면서 표지 제호도 쓰고 꾸준히 활동해 왔는데 코로나19 역병 이후 3년 만의 송년회였다.

　　12월 22일은 홍대역 인근 다리소극장에서 열린 한국현대시인협회 현대시 28호 출판기념과 2022년 한국현대시와 한국현대작품상 수상식이 있어 150여 명이 참석하여 성황을 이룬 날이었다. 나 자신이 2020년 한국현대시 작품상을 받을 때는 코로나19 때문에 정부시책에 따라 10명 이상 집회 불가로 참 쓸쓸했던 날을 견주어 뒤돌아보게 한 날이었다.

　　12월 26일은 우리 부부의 결혼기념일이다. 또한 1994년 서강대학교 경영대학원에서 6개월간 함께 동문수학한 부부들의 송년회 날이기도 했다. 송년회 공지가 나온 후 바로 그날은 우리의 결혼 52주년 되는 날이니 우리 부부가 만찬을 대접하고 싶다고 했었다. 이제는 대부분 팔순을 넘어섰으니 보행이 어려운 분도 있고 저세상 가신 분도 있고, 당장 우리 집 가장도 상당히 건강 상태가 좋지 않아 마음이 불안한 상태였다. '있을 때 잘해라'라는 말이 늘 마음에 자리하고 있으므로 거금 출금이 아깝지 않은 것은 아니었으나 최선을 다하자는 생각이었다. 모두 20명이 참가한 가운데 백포도주로 건배하고 맛있는 중국요리를 들면서 즐거운 시간을 가졌다.

　　12월 29일은 건대입구역 인근에 있는 서울동부여성발전센터 강당에서 나라사랑문인협회 송년회가 있었다. 대부분 애국심이 강한 은발의 신사숙녀 모임이라서 드물게 애국가를 4절까지 불렀다. 내가 관여한 그룹에서 애국가를 4절까지 부르는 그룹은 '한국현대시인협회'와 이곳뿐이다. 영광스럽게도 이 자리에서 나는 나의 대표 자작시「행복」을 낭송했다. 바로 행복이었다.

12월 30일은 금요일 2시 하늘공원 윤동주시비공원조성운동 보고대회 행사에 구마루무지개, 우리 그룹도 참여하였다. 정원순 낭송가가 윤동주 시인의 시「별 헤는 밤」을 낭송, 참석자들의 대환호를 받았다. 이 행사로 인하여 '구마루무지개'의 진가가 세상에 널리 알려지게 되었다. 홍찬선 시인은 오늘 행사 보고를, 김일형 시인은 윤동주 첫 번째 추천 시인 등단자로 자작시 낭독을 했다. 이제 '구마루무지개'는 이렇게 서울시인협회의 모든 행사에서 중요한 역할을 하게 되었다. 그만큼 우리의 어깨도 무거워졌다.

이렇게 나는 올해 무척 바쁘게 움직인 한해였다. 12월의 송년회 행사는 그 수확이라고나 할까? 문학기행이나 중요한 행사에 나보다 젊은 후배들이 내가 이끄는 대로 따라주어서 고맙고 자랑스럽다. 그리고 아홉수를 잘 넘기고 새해를 맞이하게 되니 기쁘다. 2023년 새해맞이도 밝은 해가 축복해주는 듯하다. 해마다 구로구청에서 주관하는 새해맞이 행사에 동참, 매봉산 정상에 올라 많은 군중과 함께 떠오르는 2023년 새해 안개를 걷고 떠오르는 붉은 해를 오랫동안 지켜보고 맞이했다. 이렇게 새 해님을 맞이하듯 모든 것은 정성을 담아서 실행해야 한다. 2022년을 행복하게 보낸 것과 같이 올해도 정성을 다하면 2023년도 건강하고 행복할 것이라 믿는다.

(2023.01.01.)

소정 민문자 약력

청주여자고등학교 졸업(1963)

청주교육대학교 졸업(1965)

한국방송통신대학교 국어국문과 졸업(2007)

숭실대학교 중소기업대학원 최고경영자과정 수료(1987)

인하대학교 경영대학원 최고경영자과정 수료(1988)

인하대학교 산업대학원 관리자과정 수료(1989)

서강대학교 경영대학원 STEP과정 수료(1994)

한국언어문화원 표현력개발스피치 수료(2000)

한국낭송문예협회 특별회원(2011)

서울대학교-구로구 지도자 아카데미 수료(2011)

서울대학교-구로구 평생교육강사 인큐베이팅과정 수료(2012)

서울대학교-구로구 평생교육강사 심화과정 수료(2013)

고려대학교-구로구 지도자 아카데미 수료(2014)

평생교육강사 연수(2014), 이수번호 2014-034,

전문인력 정보은행제 서울시 평생교육강사

노을꽃

민문자 지음

발 행 처 · 도서출판 청어
발 행 인 · 이영철
영   업 · 이동호
기   획 · 천성래
편   집 · 방세화
디 자 인 · 이수빈 | 김영은
제작이사 · 공병한
인   쇄 · 두리터

등   록 · 1999년 5월 3일
(제1999-000063호)

1판 1쇄 발행 · 2023년 1월 30일

주소 · 서울특별시 서초구 남부순환로 364길 8-15 동일빌딩 2층
대표전화 · 02-586-0477
팩시밀리 · 0303-0942-0478

홈페이지 · www.chungeobook.com
E-mail · ppi20@hanmail.net
ISBN · 979-11-6855-117-6(03810)

이 수필집은 한국예술인복지재단 2022 하반기 창작활동 지원금을 받아 발간했습니다.